FANTASTIC ORIENTAL HEROES

임영기 新무협 판타지 소설

등룡기 11

임영기 新무협 판타지 소설

초판 1쇄 찍은 날 § 2014년 11월 24일
초판 1쇄 펴낸 날 § 2014년 12월 1일

지은이 § 임영기
펴낸이 § 서경석

편집부장 § 권태완
편집책임 § 박가연

펴낸곳 § 도서출판 청어람
등록번호 § 제387-1999-000006호
등록일자 § 1999. 5. 31
어람번호 § 제2-2554호

주소 § 경기도 부천시 원미구 부일로 483번길 40 서경B/D 3F (우) 420-822
전화 § 032-656-4452   팩스 § 032-656-4453
http://www.chungeoram.com
E-mail § chungeorambook@daum.net

ISBN 979-11-04-90003-7 04810
ISBN 979-11-5681-982-0 (세트)

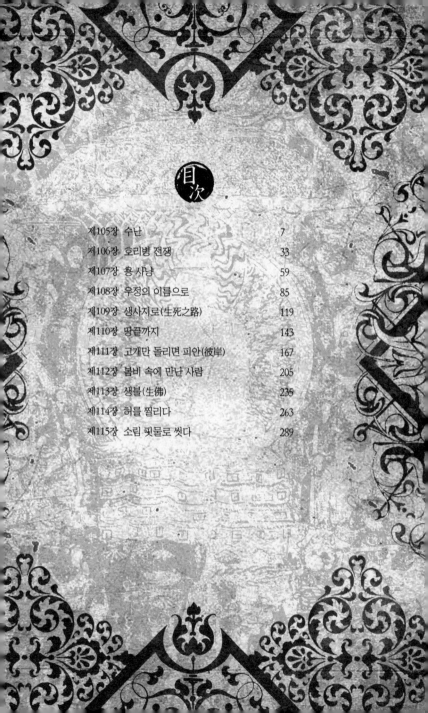

目次

제105장 수난   7

제106장 호리병 전쟁   33

제107장 용 사냥   59

제108장 우정의 이름으로   85

제109장 생사지로(生死之路)   119

제110장 땅끝까지   143

제111장 고개만 돌리면 피안(彼岸)   167

제112장 봄비 속에 만난 사람   205

제113장 생불(生佛)   235

제114장 허를 찔리다   263

제115장 소림 핏물로 씻다   289

第百五章

수난

도무탄은 살수 수법 은풍연을 전개하여 주변의 경물 속으로 숨어들었다.

검에 깊숙이 찔린 그의 오른쪽 옆구리에서 뭉클뭉클 피가 쏟아지고 있다.

도무탄과 소연풍, 주천강이 영능을 두 번째 공격하고 있을 때 설마 무정혈룡이 암습을 할 줄은 꿈에서도 예상하지 못한 일이다.

'으음… 천강은 어떻게 됐을까?'

도무탄은 옆구리를 한 뼘 이상 깊이로 찔린 고통보다도 주천강이 무사한지 걱정이 앞섰다.

조금 전 영능을 공격할 때 주천강이 급히 소리쳐서 위험을 알려주었다.

그뿐만 아니라 주천강이 도무탄을 암습하는 무정혈룡에게 일장을 발출하는 바람에 그는 자신을 암습하는 또 다른 살수들에게 최소한 삼검(三劍)을 찔렸었다.

도무탄이 얼핏 보기에 삼검이지만 실제로는 그보다 더 찔리고 베였을 수도 있다.

만약 주천강이 죽었다면 그는 도무탄을 살리고 자신이 대신 죽은 것이 된다.

도무탄은 부디 그런 불상사가 일어나지 않았기를 간절하게 빌었다.

그 일로 도무탄은 무정혈룡의 검에 옆구리를 찔렸다. 만약 주천강이 일장으로 무정혈룡을 공격하지 않았더라면, 그래서 무정혈룡이 그것을 피하려다가 공격하는 검이 약간 빗나가지 않았더라면, 검은 도무탄의 심장을 정확하게 파고들었을 것이다.

도무탄은 빙 둘러서 있는 세 그루 아름드리나무 사이에 은 풍연을 전개하여 숨어 있기 때문에 좌우와 등 뒤쪽 시야가 가렸다.

그런 탓에 볼 수 있는 곳은 전방 그것도 양쪽에 서 있는 나무 안쪽의 한정된 시계(視界)뿐이다.

물론 고개를 한 바퀴 돌린다면 몇 군데 틈새로 바깥을 볼 수도 있다.

전방의 한정된 시계로 볼 수 있는 것은 영능이 온몸에서 피를 흘리며 도망치고 있는 것과 도를 움켜쥔 적유랑이 그 뒤를 바짝 추격하고 있는 광경인데 그마저도 잠시 후에는 나무들에 가려져서 보이지 않았다.

'무정혈룡이라니……'

도무탄은 눈으로는 영능과 적유랑을 뒤쫓고 있으면서도 머릿속으로는 무정혈룡의 일을 생각하고 있다.

더구나 피가 콸콸 쏟아지듯이 흐르고 있는 옆구리를 지혈할 생각조차 하지 못한 채 아직 놀라움이 가시지 않은 얼굴로 내심 중얼거렸다.

'무정혈룡이 어떻게 이곳까지……'

무정혈룡이 도무탄을 죽이려고 하는 것은 살인 청부를 받았기 때문에 그다지 이상한 일이 아니다.

그렇지만 도무탄 등이 영능을 죽이려고 하는 중요한 순간에 무정혈룡이 느닷없이 암습을 가했다는 사실이 전혀 뜻밖이고 또 충격적인 것이다.

'놈은 은밀하게 숨어서 이곳에서 벌어지는 모든 상황을 지켜보고 있었구나……'

무정혈룡은 이미 오래전에 이곳에 도착하여 도무탄 등을 줄곧 지켜보면서 최적의 암살 기회를 노리고 있었던 것이 분명하다.

　무정혈살대가 죽이려고 하는 표적은 도무탄과 주천강 두 사람이다.

　그리고 이곳에는 그 두 사람이 다 있다. 그러므로 최적의 기회를 찾아내기만 한다면 한 번에 두 사람을 죽이는 일이 어려운 것만은 아닐 터이다.

　하지만 도무탄은 부상을 당하기는 했지만 아직 죽지는 않았다. 그리고 주천강의 생사를 알 수는 없으나 그도 죽지 않았을 가능성이 크다.

　그렇다면 무정혈룡의 암습이 아직 끝나지 않았다는 뜻이다. 그로서는 이처럼 좋은 기회가 결코 쉽사리 찾아오지 않을 테니까 도무탄과 주천강을 죽이기 전에는 두 사람 곁을 떠나지 않을 것이다.

　'도대체 어디에 있는 것인가?'

　도무탄은 공력을 극한으로 끌어 올려서 주위에서 일어나는 기척을 감지했다.

　그렇지만 먼 곳에서 요란하게 싸우는 소리만 들릴 뿐이지 가까운 곳에서의 기척은 감지되지 않았다.

　[무탄! 놈이 뒤통수 쪽 허공에서 공격한다!]

그때 갑자기 소연풍의 다급한 전음이 도무탄의 고막으로 파고들었다.

이번에도 소연풍이 아니었으면 도무탄은 세 그루 나무 속에 숨은 상태에서 고스란히 당할 뻔했다.

그는 은풍연의 수법으로 은둔해 있는데도 무정혈룡에게 발각되었다.

그걸 보면 은풍연 같은 살수 수법도 무정혈룡에겐 별 볼 일 없는 것 같았다.

더구나 지금은 도무탄이 공력을 끌어 올려서 주위의 기척을 살피고 있는 상황인데도 무정혈룡이 급습하고 있는 것을 감지하지 못하다니, 그것만 봐도 무정혈룡은 진저리가 쳐질 만큼 무서운 자가 분명하다.

도무탄은 무정혈룡을 기척으로 감지하려는 것은 무의미하다는 생각이 들었다.

여북하면 무림에서 그를 살수지왕이라고 부르겠는가. 그렇게 부를 때에는 다 그럴 만한 이유가 있는 것이다.

어쨌든 지금은 넋 놓고 있을 때가 아니다. 무정혈룡이 공격해 오고 있는 위치를 소연풍이 가르쳐 주었으므로 그쪽 방향으로 최강의 공격을 퍼부어야 한다.

도무탄은 무정혈룡이 뒤쪽 뒤통수를 노리고 공격해 온다는 사실을 소연풍에게 들었으므로 구태여 뒤돌아보지 않고 뒷목 부위를 통하여 막강한 용천기를 발출했다.

도무탄의 강점이라면 어떤 방향이나 어느 각도로도 용천기를 뿜어낼 수 있다는 것이다.

그리고 용천기가 발출돼도 일체의 음향이나 기척도 나지 않기 때문에 상대는 그가 반격을 하지 않고 가만히 있는 것으로 착각을 할 터이다.

무정혈룡은 세 그루 나무 안쪽에 웅크리고 있는 도무탄을 발견하고 쏘아 가면서 검을 뺐었다.

그는 천하육룡에 속할 정도로 고강하면서도 믿어지지 않게 검기나 검강을 발출하지 못한다.

그런 것은 배운 적이 없었으며 설혹 배웠다고 해도 사용하지 않을 것이다.

그는 검으로 직접 표적의 급소를 찌르거나 베어서 죽이는 방법을 매우 신뢰한다.

그는 표적을 죽일 수 있는 가장 완벽한 거리나 장소까지 일체의 소리나 기척도 없이 귀신처럼 접근할 수 있는 몇 가지 놀라운 능력을 지니고 있기 때문에 구태여 검기나 검강 같은 것을 사용하지 않아도 된다.

또한 그가 검기나 검강을 기피하는 이유 중에 하나는 그것들을 발출할 때 음향이 나기 때문이다. 음향, 즉 소리를 낸다는 것은 살수로서는 실격이다.

지금 그는 자신의 검이 도무탄의 뒤통수 석 자 거리까지 찔러가고 있는 상황인데도 도무탄을 죽일 수 있다고 확신하지 않았다.

그는 일이 이루어지는 것을 자신의 두 눈으로 똑똑히 봐야지만 목적을 달성했다고 스스로 인정할 뿐이지, 그러기도 전에는 성공이니 실패니 하면서 지레짐작하는 것을 극도로 싫어한다.

지금도 그렇다. 자신의 검이 도무탄의 뒤통수를 찌르기 직전인데도 그는 아직 그를 죽인 것이 아니라고 생각했다. 검이 살갗과 뼈를 파고드는 익숙한 느낌이 나야지만 표적을 죽였다고 인정할 것이다.

"......!"

그 순간 무정혈룡은 뭔가 엄청난 기운이 전방에서 뿜어져 오는 것을 느꼈다.

전방에는 도무탄뿐인데, 그렇다면 그가 이 엄청난 기운을 발출했다는 뜻이다.

음향도 기척도 그렇다고 날카로운 예기 같은 것도 전혀 없는, 그저 잘 발달된 본능적인 육감으로만 아련하게 느껴지는 그런 '느낌'이다.

아주 어렸을 적 산길을 걷다가 무덤을 지날 때 갑자기 귀신이 튀어나올 것 같은 아주 무서운 기분이 들면서 등골이 오싹하는 느낌이기도 하다.

그렇지만 사실 매번 귀신은 나오지 않았으며 철이 들고 나서는 그런 느낌을 한 번도 느낀 적이 없었다. 현실에서는 그런 터무니없는 일이 절대로 일어나지 않는다는 사실을 깨달았기 때문이다.

어린 시절에 느꼈던 그 말도 되지 않는 허무맹랑한 바로 그 느낌을 지금 무정혈룡은 느끼고 있는 것이다.

'반격이다!'

지금 상황에서 일어날 수 있는 가장 높은 가능성은 표적인 등룡신권이 반격을 하고 있다는 것이다.

지금 그는 세 그루 나무 속에 숨은 상태에서 무정혈룡 태무군에게 등을 보이고 앉아 있는 자세다. 즉, 태무군의 암습을 까맣게 모르고 있는 모습인 것이다.

그런 그가 반격을 가하고 있다는 사실이 믿어지지 않지만 지금으로썬 그것밖에 없다.

태무군은 찔러가던 검을 재빨리 거두면서 검에 전신의 공력을 주입시키는 것과 동시에 전방에서 엄습하는 '느낌'을 향해 번개같이 그어 내렸다.

짜우—

그 순간 수백 장 높이에서 낙하하는 거대한 폭포나 거친 급류를 쪼갠 듯한 둔중한 충격이 태무군의 검을 타고 팔로 전해지면서 가슴을 두드렸다.

'흐으……'

엄청난 반탄력에 태무군은 허공으로 이 장쯤 밀려 날아가다가 천근추의 수법으로 지면을 향해 뚝 떨어져 다시 도무탄을 향해 지면에 낮게 깔려 쏘아 갔다.

도무탄은 방금 전에 자신이 발출한 용천기를 무정혈룡이 쪼개는 짜우— 하는 파공음을 들었으나 그 후로는 무정혈룡이 어떤 행동을 취하는지 알 수가 없다. 여전히 그의 기척은 전혀 감지되지 않는다.

방금 전의 그 격돌로 무정혈룡이 죽었거나 치명상을 입었을 것이라고는 생각하지 않는다.

그러므로 재차 암습을 가해올 텐데 도무지 그의 행적을 감지할 수가 없어서 난감하기 짝이 없다.

[무탄아! 놈은 우측 아래다! 그림자를 봐라! 나는 천강을 보호해야 한다!]

그때 또다시 소연풍의 다급한 전음이 전해졌으며 세 가지를 알려주었는데 하나같이 중요한 내용이다.

무정혈룡이 재차 우측 아래쪽에서 공격해 오고 있다는 것, 그의 행적을 간파하는 것이 그림자를 보면 된다는 사실, 마지막으로 주천강이 크게 다쳤으므로 소연풍이 그를 보호해야 한다는 것이다.

소연풍의 보호를 받아야 할 정도로 주천강이 다쳤다는 사실에 충격을 받았으나 도무탄은 그 일은 나중에 생각하기로 했다.

그는 급히 오른쪽으로 고개를 돌렸다. 하지만 무정혈룡의 모습은 보이지 않았으며, 그 대신 칠팔 장 떨어진 곳에서 소연풍이 십여 명의 흑의 복면인을 상대로 치열하게 싸우고 있는 광경을 목격했다.

주천강이 피를 흘리면서 바닥에 쓰러져 있고 그 옆에 선 소연풍이 허공 여러 방향에서 내려꽂히며 공격하고 있는 흑의 복면인, 즉 무정살수들을 상대로 신들린 듯이 칠성검을 휘두르고 있다.

그런데 도무탄이 그 광경을 보자마자 직감한 것은 소연풍과 주천강이 위험한 상황에 놓였다는 사실이다.

찰나지간에 목격한 광경만으로는 십여 명의 무정살수가 얼마나 고강한지, 소연풍이 그들을 상대로 고전을 하고 있는지, 아니면 너끈하게 상대를 하고 있는지도 파악이 되지 않았다.

하지만 제일감은 주천강을 보호하고 있는 소연풍이 위험하다는 느낌이다.

그렇다고 해서 도무탄으로서는 그 광경을 오래 보고 있을 수가 없는 상황이다.

'그림자다!'

소연풍이 보라고 했던 우측에는 불과 일 장 반 거리에 하나의 이지러진 그림자가 지면에 깔린 상태에서 빠른 속도로 쇄도하고 있었다.

지면에 누런 풀이 듬성듬성 있고 지형이 울퉁불퉁하며 또 숲 속으로 햇빛이 충분히 비추지 않기 때문에 그림자가 사람의 형상을 제대로 만들고 있지는 않았다.

그렇지만 도무탄에게 빠르게 접근하고 있는 그림자는 그것 하나뿐이다.

도무탄이 보고 있는 동안에도 그림자는 쾌속하게 쇄도하여 일 장까지 가까워지고 있다.

'무정혈룡, 도대체 어디에 있는 거냐?'

도무탄의 눈동자가 다급하게 그림자 위쪽을 훑었다.

모든 물체는 빛 아래에서 그림자를 남긴다.

그러나 이지러지고 조각난 그림자만으로는 본체, 즉 무정혈룡이 허공 어느 정도의 높이에 떠서 쇄도하고 있는지 짐작할 수가 없다.

그렇다고 그림자 위쪽의 허공 아무 곳에나 대고 마구잡이로 공격할 수는 없는 노릇이다.

도무탄이 그림자와 겹치는 장소에 있다면 바로 위를 공격하면 되지만, 지금처럼 측면에서는 어딜 공격해야 할지 막연하기만 하다.

그러는 사이에 그림자는 반 장까지 쇄도했다. 소연풍이 다급한 전음을 보내고 도무탄이 그림자를 발견하기까지 설명은 길지만, 그것은 눈을 한 번 깜빡이는 것을 열로 쪼갠 것보다 짧은 찰나지간이다.

어딜 공격해야 할지 막연하기만 한 도무탄은 자신을 가리고 있는 세 그루 나무 중에서 오른쪽의 나무 뒤로 급히 몸을 숨겼다.

무정혈룡이 검으로 찔러오는 것을 나무가 막아줄 것이라고 순간적으로 판단했다.

하지만 나무 뒤로 숨는 순간 멍청한 행동을 취했다는 사실을 깨달았다.

무정혈룡 정도의 초절고수라면 아름드리나무 한 그루 정도는 아무런 엄폐물이 되지 못한다.

검으로 찌르거나 베어버리면 나무와 도무탄을 한꺼번에 요절낼 수가 있다.

거기에 생각이 미치자 도무탄은 다급하게 머리를 땅바닥에 처박으며 최대한 납작하게 몸을 굽혔다.

파아아―

그 순간 등줄기와 뒤통수가 서늘했다. 그는 잔뜩 웅크린 상태에서 무정혈룡의 검이 나무를 수평으로 낮게 베었다는 사실을 깨달았다.

방금 전에 순간적인 판단으로 나무 뒤로 숨으면서 무정혈룡이 나무와 자신을 통째로 찌르거나 벨 수 있다는 데 생각이 미쳤었는데, 만약 찌를 것이라고 판단하여 몸을 숙이지 않고 좌우 어디로든 피했다면 지금쯤 그의 상체는 통째로 절단이 됐을 것이다.

아마도 무정혈룡은 검을 찔러오다가 도무탄이 나무 뒤에 숨는 것을 보고 검을 수평으로 그었을 것이다.

그때 몸을 웅크리고 있는 도무탄의 시선에 하나의 그림자가 막 자신의 몸을 스쳐 지나는 것을 발견했다.

순간 그는 그림자가 진행하는 좌측 방향 허공을 향해 아래에서 위로 번개같이 용천기를 발출했다.

누차 말하지만 용천기를 반드시 손으로 발출할 필요가 없다는 것이 도무탄의 큰 자랑이자 장점이다.

찰나의 순간에 생사가 판가름 나는 상황하에서 공격하고자 하는 방향을 향해서 손을 뻗지 않아도 된다는 것은 대단히 유리하다.

더구나 용천기는 일체의 기척이나 파공음도 없으므로 장점에 장점을 더한 셈이다.

팍!

도무탄이 어깨로 용천기를 발출하면서 고개를 들고 있을 때, 좌측 일 장쯤 거리 지상에서 일곱 자 높이 허공에서 가벼운 격타음이 터졌다.

용천기를 발출하여 그것이 표적에 맞았을 때에 도무탄에게 전해지는 감각도 그렇지만 격타음 또한 시원스러운 것이 아니어서 용천기는 무정혈룡을 정확하게 적중시키지 못한 것 같았다.

그 순간 도무탄은 허공중에 붉고 흐릿한 인영이 어른거리면서 나타났다가 순식간에 사라지는 것을 발견했다.

용천기에 맞은 무정혈룡의 모습이 순간적으로 나타난 것이 분명하다. 그러나 그의 모습은 그 자리에서 씻은 듯이 사라졌다.

도무탄의 눈이 다급히 지면을 훑었다. 무정혈룡을 찾아내려면 그림자가 어디에 있는지 찾아야 한다.

하지만 이지러지거나 조각난 그림자조차 아무것도 보이는 것이 없다.

'감쪽같이 사라지다니… 미치고 환장하겠군.'

도무탄은 웅크린 자세에서 재빨리 한 바퀴 돌면서 지면을 살폈으나 그림자를 발견하지 못하고 속이 새카맣게 타들어갔다.

햇빛이 내리쬐고 또 물체가 허공중에 떠 있다면 반드시 생겨야 하는 그림자가 없는 것이다.

방금 전까지 그의 엄폐물이 돼주었던 세 그루 나무는 하나같이 지면 두 자 높이에서 뎅겅 잘라져 버렸으므로 더 이상 그를 가려주지 못한다. 그 말은 그의 모습이 완전히 노출됐다는 뜻이다.

그러므로 당장 무정혈룡을 찾아내지 못한다면, 이런 생각을 하고 있는 지금 이 순간에 무정혈룡의 공격으로 자신의 목이 잘라질지도 모른다는 조급함 때문에 도무탄은 머리가 돌아버릴 지경이다.

"……!"

그 순간 그는 자신의 왼팔이 갑자기 검어지는 것을 발견했다. 그림자가 그의 왼팔을 덮은 것이다.

'머리 위!'

생각과 동시에 머리로 그리고 온몸으로 용천기를 미친 듯이 정수리 위를 향해 뿜어냈다.

푸욱!

"흐윽!"

퍼억!

"커흑!"

도무탄은 오른쪽 머리와 뺨, 그리고 어깨가 화끈한 것을 느끼며 답답한 신음을 터뜨렸다.

같은 순간 그의 머리 위에서 둔탁한 격타음과 짓이기는 듯한 신음성이 터졌다.

검이 위에서부터 일직선으로 찔러내려 도무탄의 옆머리와 귀, 그리고 오른쪽 뺨을 길게 베고 오른쪽 어깨를 깊숙이 찔렀다.

그런데 무정혈룡이 용천기에 정통으로 적중되어 퉁겨 날아가는 바람에 검이 쑥 뽑히는 것과 동시에 도무탄은 벌렁 뒤로 자빠졌다.

검이 너무 깊숙이 어깨를 찌른 탓에 폐와 간 등 장기와 내장까지 찢으며 오른쪽 옆구리에 이르러서 도무탄은 순간적으로 숨이 탁 막혔으며 온몸에서 힘이 쑤욱 빠져나가는 느낌이 들었다.

무릎을 꿇은 채 상체만 뒤로 젖혀져서 하늘을 보고 누운 그의 얼굴 오른쪽은 온통 피투성이고 어깨에서는 샘물처럼 피가 솟구쳤다.

"흐으으……."

몸이 저절로 푸들푸들 마구 떨렸으며 이빨이 딱딱 맞부딪치면서 소리를 냈다.

그러나 한시바삐 운공을 하여 상처를 치료해야 한다고 생각하면서도 몸이 말을 듣지 않았다.

용천기는 그의 의지대로 움직이기 때문에 치료를 하겠다

고 마음만 먹으면 그대로 실행되는데, 지금은 그의 간절한 바람에도 아무런 일이 일어나지 않았다.

목숨이 끊어지지만 않으면 아무리 엄중한 중상이라고 해도 용천기가 스스로 치료를 한다지만 이번만큼은 어려울 것이라는 절망감마저 들었다.

물론 그는 즉사를 하지 않았으므로 용천기는 이번에도 어김없이 치료를 할 것이다.

다만 오죽 상처가 깊고 고통스러우면, 그리고 그의 간절한 의지에도 용천기가 꼼짝을 하지 않으면 그가 이토록 절망에 빠지겠는가.

지금은 무정혈룡과 한 치 앞을 내다볼 수 없을 정도로 치열하게 싸움을 벌이고 있는 중이다.

아니, 무정혈룡의 일방적인 무차별 공격을 도무탄이 가까스로 반격하고 있다는 설명이 맞다.

이런 상황에 그가 이처럼 엄폐물도 없는 곳에서 대자로 누워서 꼼짝도 하지 못한다는 것은 어서 빨리 날 죽여달라는 것이나 다를 바가 없다.

용천기가 그를 스스로 치료한다고 해도 그가 공력을 끌어올려서 운공조식을 하지 않고 가만히 있으면 몇 시진은 걸릴 터이다.

만약 그사이에 무정혈룡이 공격을 재개한다면 그로서는

끝장인 것이다.

'끄으으… 제기랄……. 공력이… 용천기가… 한 움큼도 모아지지 않는다…….'

그는 누운 채 버둥거리면서 사력을 다하는데 저 밑바닥에서 뭔가 아스라한 것이 희미하게 느껴졌다.

그것은 마치 코끝조차 보이지 않는 캄캄한 바다 깊은 심연 속에서 꺼질 듯 흐릿한 하나의 작은 불빛을 발견한 것 같은 현상이다.

'돼… 됐다…….'

금방이라도 꺼질 듯 흐릿하게 깜빡거리는 용천기를 어떻게든 살려보려고 비지땀을 흘리면서 아등바등했다. 이것이 그의 마지막 희망이다.

어느 정도의 용천기가 모아진다면, 그래서 그것을 상처 부위로 보낼 수 있다면 열 호흡 동안에 움직일 수 있을 만큼의 치료를 끝낼 수 있을 터이다.

'제발…….'

용천기가 아주 느리게 그리고 감질날 만큼 조금씩 모아지고 있지만 상처를 치료할 수 있을 정도는 아니다. 이런 식이라면 아무리 빨라도 대충 치료를 끝내는 데 반 시진은 족히 걸릴 것 같다.

그런데 그때 도무탄은 자신의 발치께에서 한 사람이 이쪽으로 천천히 걸어오는 것을 발견했다.

일신에 피처럼 붉은 홍의, 아니, 혈의 경장을 입고 오른손에는 핏물이 뚝뚝 떨어지는 한 자루 검을 움켜쥔 채 냉정한 얼굴로 도무탄을 쏘아보며 점점 가까이 다가오고 있는 준수한 청년.

'무정혈룡……'

도무탄은 지금까지 무정혈룡을 한 번도 본 적이 없지만 혈의 청년을 보는 순간 그가 살수지왕인 무정혈룡이 틀림없다고 직감했다.

그는 서두르지 않는 듯 천천히 걸어왔지만 사실 두 발이 지면 위에 떠서 미끄러지듯이 빠르게 다가오고 있다. 다만 도무탄이 그렇게 느낄 뿐이다.

그의 얼굴이 나타나고 뒤이어서 상체와 하체가 모습을 드러냈을 때 도무탄은 비로소 그가 입과 코에서 피를 흘리고 있다는 사실을 발견했다.

뿐만 아니라 가슴 부위의 옷이 갈가리 찢어진 것으로 미루어 용천기를 가슴에 적중당한 것이 분명하다.

그렇다면 그는 지금 엄중한 내상을 입은 상태다. 용천기에 정통으로 적중을 당하고서도 즉사하지 않다니 과연 살수지왕다운 고강함이다.

그러나 즉사하지 않았으나 그에 버금가는 내상을 입은 것이 분명할 터이다.

무정혈룡은 도무탄에게 가까이 다가오자마자 그 어떤 말이나 불필요한 행동도 취하지 않고 즉각 그의 목을 향해 수중의 검을 그어왔다.

쉬익!

그의 행동이 부자연스럽고 검을 휘두르는데 파공음이 나는 것으로 미루어 도무탄의 짐작처럼 심한 내상을 입은 것이 분명하다.

그렇지 않다면 지금처럼 모습을 드러내지도 않았을 테고 암중에 공격을 해서 도무탄의 목을 잘랐을 것이다. 모습을 드러낸 것은 그가 중상을 입었다는 것이고, 그만큼 마음이 급하다는 뜻이다.

도무탄은 자신의 목을 자르기 위해서 그어오는 검을 쏘아보면서 눈을 부릅떴다.

벌러덩 누워 있는 자세에서 그어오는 검을 피하거나 막을 방도가 전혀 없다는 사실이 그를 말할 수 없는 절망 속으로 빠뜨렸다.

짧지만 실로 파란만장했던 삶이 지금 이 순간에 종말을 고한다는 생각이 들자 머릿속이 마구 헝클어지면서 찰나지간 수만 가지 생각이 마구 교차했다.

찰나지간에 이토록 많은 생각이 떠올랐다가 사라진다는

사실이 믿어지지 않을 정도다.

그중에서도 특히 독고지연과 은한 자매, 고옥군, 녹상 등 여자들의 모습이 불로 지지는 것처럼 아프게 뇌리에 떠올랐다가 스러져갔다.

'내가 죽다니… 말도 안 된다!'

그러다가 내심 절규를 터뜨리며 와락 어금니를 악물면서 젖 먹던 힘을 쏟아냈다.

이대로 허무하게 죽을 수 없다는 생각에 조금 전까지 하나의 작은 불빛처럼 깜빡거리면서 모아지고 있는 용천기를 무정혈룡을 향해 발악하듯 뿜어낸 것이다.

팍…….

"흑……."

주먹으로 가슴팍을 한 대 얻어맞은 것처럼 무정혈룡은 멈칫 뒤로 한 걸음 물러나며 미간을 좁혔다.

도무탄의 목을 자르려던 검은 무정혈룡이 뒤로 한 걸음 물러서는 바람에 그의 목에 깊은 상처를 내기만 하고 자르지는 못한 채 거두어졌다.

주르르…….

그리고는 무정혈룡의 입과 코에서 조금 전보다 더 많은 피가 흘러내렸다.

도무탄이 결사적으로 발출한 한 움큼의 용천기가 그의 가슴에 적중되어 충격을 준 것이 틀림없다.

만약 그가 엄중한 내상을 입은 상태가 아니었다면 방금 전의 용천기는 그저 간지러운 수준이었을 터이다. 그러나 심한 내상을 입은 상태에서 그 부위를 한 번 더 건드렸으므로 대단한 충격을 받은 것이다.

그것은 하나의 그릇에 이미 물이 가득 담겨서 찰랑거리고 있는 상황에 한 방울의 물을 더 떨어뜨리면 물이 왕창 넘치는 것과 같은 이치다.

무정혈룡은 도무탄이 저 지경이 되고서도 반격을 한다는 사실이 믿을 수 없다는 듯 눈을 부릅뜨고 그를 무섭게 쏘아보았다.

그의 뺨이 씰룩거리고 미간이 잔뜩 찌푸려진 것으로 미루어 상당한 고통을 참고 있는 듯했다.

지금 도무탄의 꼬락서니는 정말 말이 아닐 정도다. 그가 눈만 감고 있으면 그저 처참하게 죽은 한 구의 시체라고 해도 무방할 터이다.

하지만 도무탄은 눈을 부릅뜨고 흰 이빨을 드러낸 채 무정혈룡을 쏘아보며 중얼거렸다.

"흐흐… 뭐 하고 있느냐……. 어서 덤벼라… 몸뚱이를 갈가리 찢어주마."

도무탄은 한 움큼의 용천기는 고사하고 말을 하는 데도 전

력을 다해야 할 정도로 처절한 상태지만 지금 이 순간에 뭐라
도 해야 한다는 절박감에 나오는 대로 지껄였다. 객기 같은
발악이다.

무정혈룡은 코와 입에서 계속 피를 흘리고 어깨를 들먹거
리며 도무탄을 무섭게 쏘아보았다.

지금 그는 두 발로 서 있는 것조차 힘겨울 만큼 극심한 내
상을 입은 상태다.

그렇지만 검을 휘둘러서 도무탄의 목을 자를 힘 정도는 남
아 있다.

그런데도 지금 그는 갈등을 하고 있다. 도무탄의 목을 자르
려고 검을 휘두르다가 그가 방금 전 같은 무형지기를 한 번
더 뿜어내면 무정혈룡으로서는 더 이상 버티지 못하고 이 자
리에 주저앉고 말 터이다.

도무탄은 핏발이 곤두선 눈으로 무정혈룡을 쳐다보며 계
속 이죽거렸다.

"배짱이 없는 놈이로구나……. 너 같은 놈이 어떻게 살수
지왕 소리를 듣는 건지 어처구니가 없구나… 하하하……."

도무탄의 조롱에 무정혈룡의 얼굴이 슬쩍 일그러졌다.

그러나 도무탄으로서는 무정혈룡의 속을 뒤집는 말을 하
는 것까지는 좋았으나 웃지는 말았어야 했다.

웃는 바람에 몸에 힘이 들어가 상처에서 피가 쿨럭쿨럭 쏟

아졌으며 정신까지 아득해졌다.

그 바람에 도무탄은 두 눈에 핏물이 가득 차서 앞이 보이지 않았다.

'이런 염병할…….'

더 기가 막힐 노릇은, 그렇게 속으로 욕설을 퍼붓다가 정신이 가물가물해졌다. 즉, 혼절을 해버린 것이다.

第百六章

호리병 전쟁

"난감하군. 여러 방법으로 시도를 해봐도 무탄의 몸이 내 진기를 받아들이지 않아."

도무탄은 소연풍의 안타까운 목소리를 아련하게 들으면서 정신이 들었다.

"천강은 어떤가?"

소연풍이 똑바로 누워 있는 도무탄의 몸을 일으키면서 근처에 있는 누군가에게 물었다.

"차도가 없네."

바로 옆에서 적유랑의 착 가라앉은 목소리가 들렸다. 그로 미루어 소연풍이 도무탄을, 적유랑이 주천강을 돌보고 있었던 같았다.

슥—

"무슨 일이 있어도 무탄을 살려야 하네. 그래야지만 천강도 살릴 수가 있어."

도무탄이 저승에 한 발을 들여놓은 사람마저 살리는 놀라운 능력이 있다는 사실을 알고 있기에 어떻게 해서든지 그를 살리려는 것이다.

소연풍은 나직하지만 절박한 목소리로 중얼거리면서 도무탄의 몸을 뒤집어 엎드리는 자세를 취하게 했다.

"내가 무탄을 살려내고야 말 거야."

"연풍……."

그때 도무탄이 아주 흐릿하게 중얼거리자 소연풍의 동작이 뚝 멈췄다.

소연풍은 조심스럽게 도무탄의 몸을 똑바로 눕히고 나서 눈을 꼭 감고 있는 그의 얼굴을 들여다보았다.

"무탄……."

도무탄은 느릿하게 눈을 뜨고 소연풍을 응시했다.

"내가 아직 살아 있나?"

소연풍은 빙그레 미소 지었다.

"넌 불사신이야."

"그건 나만의 비밀인데 자네도 알고 있었군."

"친구잖아."

"그래. 친구."

도무탄은 천천히 고개를 돌려서 조금 전에 적유랑의 목소리가 들린 쪽을 쳐다보려고 했다.

그처럼 간단한 동작을 취하는데도 무척이나 힘이 들고 또 오래 걸렸다.

"반갑네."

적유랑은 도무탄과 시선이 마주치자 제 딴에는 미소를 지어 보이는데 삭막하기 짝이 없는 미소다. 차라리 인상을 쓰는 모습이 더 보기 좋을 듯했다.

무릎을 꿇고 있는 적유랑 앞에는 주천강이 반듯한 자세로 누워 있으며, 얼굴을 닦았는지 말끔한데 몸은 피투성이에 옷이 여기저기 찢어졌다.

도무탄이 주천강을 빤히 응시하자 적유랑이 그의 상태를 설명해 주었다.

"진기를 주입해 주는 덕분에 그나마 매우 희미하게 생명이 붙어 있는 상태네."

달리 말하면, 진기를 주입하지 않고 있으면 주천강은 이미 죽었을 것이라는 뜻이다.

도무탄은 엷은 미소를 지어 보였다.

"유랑, 자네가 잠시만 더 수고해 주게."

"알았네."

도무탄은 얼굴을 똑바로 하면서 눈을 감고 체내의 용천기를 점검해 보고는 적잖이 안도했다.

그가 혼절을 하고 얼마나 지났는지 모르지만 그사이에 용천기가 어느 정도는 생성되어 있는 상태다. 그러니 그가 운공을 해서 용천기를 조금 더 모으면 주천강을 치료할 수 있을 터이다.

그는 자신을 치료하는 것보다 주천강을 살리는 것이 당연히 우선이라고 생각했다.

주천강은 무정혈룡이 암습했을 때 도무탄에게 위험을 알려주고 또 무정혈룡에게 일장을 가하는 바람에 중상을 당한 것이다.

즉, 그는 도무탄을 구하려다 이 지경이 되었다. 하지만 그렇지 않다고 해도 도무탄은 무조건 주천강부터 살리려고 할 터이다. 친구이기 때문이다.

적유랑은 주천강에게 진기를 주입하고 있으며, 소연풍은 굳은 얼굴로 도무탄을 지켜보았다.

그로부터 약 열 호흡쯤의 시간이 흐른 후에 도무탄이 다시 눈을 떴는데, 그의 눈빛은 조금 전과는 달리 매우 맑았으며 밝게 빛났다.

슥—

도무탄은 주천강 쪽으로 손을 뻗었다.

"천강의 손을 잡게 해줘."

그렇지만 그가 무엇을 하려는 것인지 짐작한 소연풍이 만류했다.

"우선 너 자신부터 치료해라."

"천강이 먼저다."

"고집불통 같으니……."

소연풍은 도무탄의 깊은 우정에 가슴이 잔잔하게 진동을 했으나 내색하지 않고 주천강의 손을 끌어다가 그의 손에 잡혀주었다.

도무탄은 주천강의 손을 꼭 잡고 눈을 감고는 용천기를 부드럽게 그의 체내에 주입하기 시작했다.

도무탄과 주천강은 각기 무정혈룡과 그의 최측근 무정십살에게 최초의 공격을 당하여 중상을 입은 지 한 시진 반 만에 죽음의 강을 절반쯤 건너가다가 말고 다시 생의 강변으로 되돌아왔다.

소연풍과 적유랑은 상처 하나 없이 말끔하게 회복한 도무탄과 주천강을 보고는 마치 죽은 부모가 되살아난 것처럼 진심으로 기뻐했다.

소연풍으로서는 주천강하고는 오래전부터 막역한 친구였으며, 도무탄하고는 비록 짧은 기간이었으나 진한 우정을 나누었기에 두 사람이 되살아난 것을 진심으로 기뻐하는 것이 당연하다.

그러나 이곳에서 불과 며칠 전에 친구가 된 적유랑이 도무탄과 주천강의 생환을 눈이 촉촉하게 젖을 정도로 기뻐하는 반응을 보이는 것은 정말 뜻밖이다.

그걸 보고 소연풍과 도무탄, 주천강은 그의 우정이 깊음을 새삼 깨닫게 되었다.

과연 우정이란 얼마나 오래 사귀었느냐가 아니라 얼마나 깊게 사귀었느냐가 중요한 것이다.

타닥탁······.

모닥불이 기세 좋게 타오르고, 그 주위에 도무탄 등 사룡이 둘러앉았다.

"상황이 어찌 됐나?"

"좋아."

도무탄의 물음에 소연풍은 고개를 끄떡이고 나서 술병을 입에 물었다.

조금 전에 도무탄이 이런 깊은 산중에 웬 술이냐고 물었더니 마도 고수들이 늘 지니고 다니던 술이라고 소연풍이 대신 대답해 주었다.

"영능과 무정혈룡은 죽었나?"

소연풍의 좋다는 대답에 도무탄은 기쁜 얼굴로 너무 앞질러서 상상했다.

"그놈들이 그리 쉽게 죽겠나?"

"그럼……."

그렇다면 상황이 좋은 게 아니잖냐고 도무탄이 말하려는데 소연풍이 잘랐다.

"이 산에 꼼짝없이 갇혔으니까 죽은 거나 진배없지."

도무탄은 의아한 얼굴로 물었다.

"이 산에 갇혀? 누가?"

"누구긴, 영능하고 무정혈룡이란 놈이지."

소연풍은 자신만만하게 대답했지만 거기에 대해서 더 이상 설명하지 않았다. 그는 원래 말주변이 없기 때문에 머릿속에 있는 생각을 말로 좔좔 풀어내지 못해서 도무탄을 답답하게 만들었다.

주천강은 도무탄과 함께 중상을 당해 혼절했었던 처지라서 어찌 된 상황인지 모르기는 도무탄이나 마찬가지다.

그런데 주천강은 도무탄 옆에 찰싹 붙어 앉아서 그의 손이나 팔을 만지작거리거나 어깨를 감싸기도 하면서 그가 너무 좋아서 죽겠다는 듯한 행동을 하였다.

"답답하군. 좀 제대로 설명해 봐라. 그 두 명이 어째서 이

산에 갇혀 있다는 건가?"

"그러니까… 야, 유랑. 네가 설명해라."

말주변이 없어서 설명을 제대로 못해 도무탄보다 더 답답해진 소연풍이 괜히 적유랑을 윽박질렀다.

승—

그러자 적유랑은 어깨에서 도를 뽑아 소연풍을 가리키며 예의 어두운 얼굴로 중얼거렸다.

"우리 둘이 일대일로 싸워서 이기는 사람이 설명하는 것으로 하자."

뭐 그런 일로 싸우기까지 해야 하는지 도무탄은 어이가 없는 표정을 지었다.

그렇지만 말주변이 없기는 적유랑도 소연풍보다 더하면 더했지 못하지 않은 터라서, 그로서는 차라리 소연풍하고 사생결단 싸움을 벌이는 게 낫다는 뜻이다.

하지만 어째서 패하는 사람이 아니라 이기는 사람이 설명하는 것인지 그게 더 궁금했다.

"왜 이기는 사람이야?"

주천강이 도무탄의 손을 만지작거리며 속삭였다.

"바보, 둘이 싸우다가 패한 사람은 이미 죽었을 텐데 어떻게 설명하겠어?"

"뭐어……."

주천강은 이번에는 도무탄의 어깨에 팔을 두르면서 대변자처럼 말했다.

　"내가 보기에는 유랑은 연풍만큼이나 말주변이 없는 게 분명하군."

　"그런 것 같군."

　도무탄은 심각한 얼굴로 고개를 끄떡였다. 그는 화술이 좋은 자신이 얼마나 큰 신의 축복을 받고 살아왔는지 태어나서 처음으로 깨달았다.

　어쨌든 지지리도 말주변이 없는 소연풍의 도막 난 설명을 꿰어 맞춰보면 대충 이런 얘기다.

　적유랑이 미끼가 되고, 도무탄과 소연풍, 주천강의 합공으로 중상을 입은 영능은 또다시 적유랑에게 쫓기면서 등에 일도의 베임을 당하여 엉망진창의 몸이 되어 죽자 사자 간신히 도망쳤다.

　무정혈룡은 도무탄에게 가슴에 일장을 당하여 막중한 내상을 입었는데, 쓰러져 있는 도무탄을 죽이지 못하고 피를 토하면서 도망쳤다는 것이다.

　사실 그때 도무탄은 혼절을 했었는데 핏발 곤두선 두 눈을 부릅뜨고 있었기 때문에 무정혈룡은 그가 혼절을 했다는 사실을 모르고 발걸음을 돌린 것이다. 도무탄으로선 행운이 따라주었다.

그렇지 않았다면 무정혈룡의 일검에 도무탄은 죽음을 당하고 말았을 것이다.

어쨌든 공통점은 영능이나 무정혈룡 둘 다 심각한 중상을 입었기 때문에 멀리 도망가지 못한다는 사실이다.

이곳에서 도망치려고 멀리 벗어나려고 하다가는 그 목적을 달성하기 전에 목숨을 잃을 정도로 심각한 중상을 입었기 때문이다.

영능은 이끌고 온 절세불련 고수들마저도 내팽개쳐 두고 도망쳤다.

그러므로 십중팔구 그는 어딘가에 혼자 숨죽인 채 숨어 있거나 아니면 최측근 몇 명의 도움으로 치료를 받고 있을 가능성이 크다.

확인을 해본 결과 무정혈룡은 열 명의 최측근만 데리고 이곳에 왔다.

그래서 무정혈룡 자신은 도무탄을 암습하고 열 명의 최측근, 즉 무정십살은 주천강을 암습한 것이다.

주천강은 자신이 무정십살의 암습을 당할 것이라는 사실을 모른 채 도무탄을 암습하는 무정혈룡만 발견하고는 소리를 질러서 위험을 알리는 것과 동시에 일장을 발출하여 도무탄을 살렸었다.

그 이후 도무탄과 무정혈룡이 싸우고 있는 동안 무정십살이 주천강을 공격했지만 성공하지 못했다.

소연풍이 전력을 다해서 주천강을 보호하는 과정에 오히려 무정십살 중에 세 명이 죽음을 당하고 말았다. 이후 그들은 무정혈룡이 도망치는 것을 발견하고 즉시 그 뒤를 따라 사라졌었다.

그래서 소연풍과 적유랑은 영능이나 무정혈룡 둘 다 즉시 치료를 하지 않으면 죽을 수밖에 없을 정도로 극심한 중상을 입었기 때문에 이곳에서 멀리 벗어나지 못했을 것이라고 추측하는 것이다.

"천강."

"왜?"

도무탄의 부름에 그의 팔을 어루만지던 주천강은 눈을 깜빡거리면서 사랑스러운 표정으로 그를 바라보았다.

"왜 자꾸 더듬는 건가?"

주천강은 순진무구하게 웃었다.

"무탄 네가 좋아서."

"나도 네가 좋지만 더듬지는 않는다."

주천강은 흰 이를 드러내더니 맛있는 요리를 아작아작 씹는 시늉을 했다.

"나는 네가 너무 좋아서 머리끝에서 발끝까지 죄다 씹어 먹고 싶은 걸 간신히 참으면서 더듬는 걸로 대신하고 있는 거야. 고마운 줄 알아라."

도무탄은 어이없는 표정을 지었다.

"그래도 내가 싫다면 하지 말아야지."

"그래도 내가 좋으면 계속해도 되는 거야."

딱!

"억!"

소연풍이 주천강의 뒤통수를 냅다 갈기고 나서 조용한 목소리로 꾸짖었다.

"하지 마라."

"알았어."

주천강은 공손히 대답하고는 그 즉시 도무탄의 몸에서 손을 떼고는 그때부터 절대로 그의 몸에 손을 대지 않았다.

보름달이 떠 있어서 그리 어둡지 않은 밤이다.

벼랑 쪽은 나무 한 그루 없는 매우 넓은 평지이며 지금 그곳에 절세불련 수천 명의 고수가 모여 있다.

병법에 통달한 주천강이 이 지역을 최고의 전장(戰場)으로 선택한 몇 가지 이유 중에서 백미는 뭐니 뭐니 해도 바로 이 벼랑이다.

절세불련을 이곳으로 몰아서 완전히 궁지로 몰아야겠다는 주천강의 작전은 완벽하게 성공했다.

절세불련 오대문파 중에서 아미파를 제외한 사대문파와 그들이 이끌고 온 방, 문파의 고수 사천여 명은 벼랑 쪽 너른 평지에 몰려 있다.

아무리 너른 평지라고 해도 사천여 명이 모여 있기에는 그래도 협소하여 싫든 좋든 서로 붙어서 옹송그리고 모여 있어야만 했다.

이곳은 참으로 기가 막힌 최고의 지형이다. 이들이 모여 있는 뒤쪽은 깊은 낭떠러지일 뿐만 아니라 호리병 모양을 하고 있다.

숲 쪽이 호리병의 입구에 해당하는데 그곳만 지키고 있으면 사천여 명이 꼼짝도 하지 못하는 지형이다.

도무탄 쪽, 그러니까 불련척멸대의 고수들은 미리 산속의 요소요소에 무리지어 매복하고 있다가 느닷없이 튀어나와서 절세불련을 급습했다.

절세불련 고수들은 어마뜨거라 하고 앞다투어 도망치는데 급급하다가 나중에 정신을 차리고 보니까 이 지경이 된 것이니 누굴 원망할 수도 없는 일이다.

호리병의 입구에 해당하는 좁은 지점 산 쪽에는 아미파를 비롯한 청성파와 점창파 등 절세불련에서 탈퇴한 오대문파의 최고수들이 지키고 있으며, 그 뒤쪽 평지에는 수백 명의 고수가 병풍처럼 늘어서 있다.

절세불련 고수들은 나중에야 자신들이 최악의 험지에 갇혔다는 사실을 깨닫고 이미 몇 차례에 걸쳐서 탈출을 시도했었다.

그렇지만 공격할 때마다 된통 당하여 백여 명 가까운 사상자를 내고서야 이후로는 도발을 멈추었다.

주천강이 이곳 호리병 형상의 지형을 선택하여 절세불련을 몰아넣은 작전을 다시 한 번 극찬하지 않을 수가 없다.

호리병 안쪽은 매우 넓지만 호리병의 모가지가 매우 길쭉하여 이십 장여에 달한다.

절세불련 고수 중에서 단번에 이십여 장을 도약해서 호리병 밖으로 나갈 수 있을 정도로 고강한 사람은 단 한 명도 없다.

설혹 한두 명이 성공한다고 해도 호리병 입구 바깥에 진을 치고 있는 불련척멸대 고수들은 허수아비가 아니다.

또한 호리병 주둥이의 폭은 삼 장여에 불과하여 한꺼번에 열 명이 나란히 서서 통과할 수 있다.

그런 식으로 열 명씩 아무리 많이 쏟아져 나온다고 해도 나오는 족족 죄다 피를 뿌리며 거꾸러지고 만다.

그러므로 호리병 안쪽의 절세불련 고수들에겐 선택의 여지가 많지 않다.

지금은 불련척멸대와 절세불련 양쪽에서 장문인과 장로들

이 나와서 호리병의 주둥이에서 서로 마주 보며 장시간 지루한 대화를 나누고 있는 중이다.

불련척멸대 쪽 장문인들은 영능을 위시한 소림사가 천하와 무림에 얼마나 많은 악행을 저질렀는지를 폭로하고, 그러니까 너희들은 이제라도 정신을 차리고 자파와 천하창생을 위해서 속죄의 길을 걸어야 한다고 설득했다.

그러나 절세불련 쪽 장로들은 열흘 삶은 호박에 이빨도 들어가지 않을 것처럼 완강하게 굴었다.

도리어 절세불룡 영능이 이곳에 나타나기만 하면 불련척멸대가 지리멸렬할 테니 지금이라도 봉쇄를 풀고 물러가면 용서해 주겠다고 큰소리를 쳤다.

"이제 그만하시오, 무운 도장."

청성파 장문인 무운자가 계속해서 설득하는 것을 보다 못한 공동파 장문인 구소자가 만류를 하고 나섰다.

"쇠귀에 경 읽기요. 입만 아프니까 그만하시오."

"이거야……."

설득하는 일을 거의 포기해야겠다고 생각하던 무운자는 때마침 구소자가 만류하자 결국 두 손 들고 두어 걸음 뒤로 물러났다.

오 장쯤 떨어진 호리병 주둥이 안쪽의 절세불련을 이끄는 장로들은 무운자가 설득을 포기하자 외려 기고만장한 표정으로 득의하게 웃어댔다.

벼랑 끝에 몰린 자신들의 운명이 기구하다는 사실을 잠시 잊은 채 언쟁에서 이겼다는 얄팍한 승리감에 도취되어 자기들끼리 서로 잘났다고 치켜세우는데 그 광경을 보고 있자니 가관이 따로 없다.

바로 그때 운집해 있는 불련척멸대 고수들이 파도가 갈라지듯 양쪽으로 물러섰다.

그리고 그 사이로 도무탄을 비롯한 사룡이 나란히 느릿한 걸음으로 걸어 나왔다.

그런데 사룡을 발견한 절세불련 장로 등 우두머리 중에 안색이 크게 변하는 몇 명이 있다.

그로 미루어 그들은 필경 사룡 중에서 누군가를 알아보는 것이 분명했다.

그 몇 명은 너무 놀라고 또 급한 나머지 주위의 동료들에게 자신이 알고 있는 사실을 전음으로 알려줘야 한다는 사실마저 잊고 육성으로 속삭였다.

물론 그들의 속삭임은 주위 수십 장 이내에 있는 사람들 귀에 똑똑하게 들렸다.

결과적으로 그들이 사룡 중에 알고 있는 사람은 소연풍과 주천강 두 사람이었다.

소연풍은 천하를 종횡으로 주유하면서 수많은 고수와 싸

움을 벌이느라 얼굴이 많이 팔렸다.

또한 주천강은 목숨을 부지하기 위해서 정처 없이 떠돌아다니면서 수많은 소문을 만들어냈으며 그때마다 소문의 중심인물이 되었기에 시나브로 유명 인사가 된 것이다.

반면에 언제나 은밀하게 행동하고 마도에서만 활약했던 적유랑과 뒤늦게 무림 언저리 여기저기에서 뜬금없는 소문을 만들어냈었던 용답지 않은 용 도무탄을 알아보는 사람은 별로 없다.

금정신니와 무운자 등은 사룡 주위로 모여들었다. 그들은 훨씬 연장자인데도 불구하고 사룡에게는 자못 정중한 자세를 취했다.

도무탄은 호리병 입구 안쪽의 절세불련 우두머리들을 슬쩍 훑어본 후에 금정신니에게 물었다.

"신니, 일이 어떻게 돼가고 있습니까?"

금정신니는 쓸쓸한 표정을 지으며 절세불련 우두머리들을 쳐다보았다.

"고집불통이라오."

옆에 있는 무운자가 고개를 절레절레 가로저었다.

"영능이라는 악마에게 단단히 씌웠는지 무슨 말을 해도 도통 들으려고 하지 않소."

도무탄은 어이없는 표정으로 절세불련 쪽을 쳐다보며 조

금 목소리를 높였다.

"그렇다면 저들은 중상을 입은 영능이 절세불련 고수들을 다 버리고 저 혼자만 살자고 도망쳤다는 사실을 알고서도 끝까지 싸우겠다는 겁니까?"

"등룡신권 도 시주와 무적검룡 소 시주, 독보창룡 주 시주, 그리고 수라마룡 적 시주 네 시주가 영능의 목숨을 끊어놓은 것이 아니었소?"

구소자는 도무탄보다 더 큰 소리로 반문했다. 아예 외침이라고 해야 마땅할 만큼의 큰 소리는 절세불련 우두머리들뿐만 아니라 전체 고수들에게까지 다 들렸다.

절세불련 쪽에 사천여 고수가 운집해 있지만 '사룡'의 별호가 하나씩 호명되는 것을 듣고는 갑자기 무덤 속처럼 고요해졌다.

도무탄은 구소자의 물음에 즉시 대답하지 않고 방금 구소자가 한 말의 파장이 좀 더 확실하게 절세불련에 퍼지기를 기다렸다.

대가리 터지도록 싸우는 것만이 능사가 아니다. 적의 사기를 땅에 떨어뜨려서 싸우지 않고서도 이기는 것이야말로 진정한 승리라고 할 수 있다.

그런 의미에서 구소자의 말과 도무탄의 침묵은 기대 이상의 결과를 얻어내고 있다.

절세불련 고수들이 충분히 놀라고 또 사기가 떨어졌다는 판단이 섰을 때야 비로소 도무탄은 대답했다.

"저는 영능이 설마 싸우다가 말고 도망칠 줄은 꿈에도 예상하지 못했습니다."

사실 여부를 이미 다 알고 있으면서도 모르는 채 시치미를 떼고 있던 금정신니는 한껏 분위기를 탄 모습으로 고개를 흔들면서 혀를 끌끌 찼다.

"쯧쯧쯧… 수천 명을 이끄는 최고 우두머리라는 자가 목숨이 아까워서 꽁무니 빠지게 도망이라니… 아미타불……. 그러고서도 절세불룡이라는 말인가? 더구나 남아 있는 절세불련 시주들은 모두 싸우다가 죽으라는 뜻인가?"

"그러게 말이오. 그런 못난 자를 하늘처럼 떠받들고 섬기는 이들이야말로 불쌍하구려."

무운자를 비롯하여 다들 혀를 차면서 한마디씩 거들었다.

꿍!

"무량수불… 너희 배신자들은 이제 그만 더러운 주둥이를 닥쳐라!"

그때 절세불련 선두 무리 중에서 반백 수염을 기른 무당파 초로의 도사가 한쪽 발로 땅을 힘껏 구르면서 이쪽의 장문인과 장로들을 꾸짖었다.

그대로 있다가는 절세불련 고수들이 크게 동요하여 무슨

사단이라도 날 것 같아서 부랴부랴 진화에 나선 것이다.

이쪽에서는 무운자가 나서서 무당과 초로의 도사를 엄하게 꾸짖었다.

"명허자(明盧子), 악의 구렁텅이에서 빠져나온 우리가 배신자라면 그것이 악인지도 모르고 아직도 그 속에서 허우적거리고 있는 너희들은 바보멍청이라는 말인가?"

무운자는 나이로나 도가의 배분으로나 무당과 명허자보다 훨씬 높은 위치에 있다.

그런데도 명허자는 눈에 보이는 게 없는지 적유랑을 가리키면서 입에 게거품을 물고 악을 썼다.

"무운자! 수라마룡 같은 저따위 인간이야말로 악마의 화신이 아니더냐? 그런데도 너는 악마의 화신하고 어울리면서 무슨 악을 논하고 있는 게냐?"

"저런 오만방자한……."

명허자가 자신보다 이십여 세나 많은 무운자에게 망발하는 것을 보고 구소자가 허공에 주먹을 휘두르면서 분을 참지 못해 콧김을 뿜어냈다.

슈악!

그런데 바로 그 순간이다. 묵묵히 서 있던 적유랑이 불쑥 어깨의 도를 뽑아 전방을 향해 그어대자 번쩍! 흐릿한 핏빛 광채가 뿜어졌다.

적유랑은 아무 일도 없었다는 듯 우뚝 서 있으며 그의 핏빛 도는 어느새 어깨의 도실에 얌전히 들어가 있다.

그렇지만 절세불련 선두 무리 쪽에서는 아무런 일도 일어나지 않았다.

그런데 그들이 뭔가 심상치 않다는 듯한 표정으로 두리번거리고 있을 때 갑자기 명허자의 머리에 쓰고 있는 도관이 저절로 반쪽으로 쪼개졌다.

스륵…….

"어……."

명허자는 움찔 놀라면서 오른손을 들어 흘러내리는 도관을 만지려다가 동작이 뚝 멈췄다.

투우…….

그리고는 느닷없이 그의 몸이 정수리에서부터 사타구니까지 말 그대로 일도양단 좌우로 좌악 갈라지면서 두 조각이 돼 버렸다.

쿠쿵…….

"허엇?"

"으앗!"

방금 전까지 하나였던 몸뚱이가 두 개로 분리되어 땅바닥에 나뒹굴자 주위에 있던 장로들은 움찔 놀라며 분분이 뒷걸음질 치며 물러났다.

절세불련 선두 무리의 흔들리는 시선이 일제히 적유랑에게 향했다.

오 장이나 떨어져 있는 그가 도기 혹은 도강으로 명허자의 몸뚱이를 반쪽으로 쪼갰기 때문이다.

명허자는 적유랑을 가리켜서 '저따위 인간'이라거나 '악마의 화신'이라고 칭하며 독설을 내뱉었다.

물론 적유랑은 '악마의 화신' 같은 말을 자신에 대한 찬사쯤으로 알아듣기 때문에 별문제가 없지만 문제는 '저따위 인간'이라는 말이다.

그는 '저따위 인간'이 아니라 수라마룡 적유랑이다. 그게 그를 화나게 만들었다.

적유랑은 예의 마기 어린 으스스한 얼굴로 절세불련 쪽을 응시하며 도무탄에게 중얼거렸다.

"무탄, 쓸데없는 일에 시간 낭비하지 말고 저놈들 그냥 다 쓸어버리자."

"나는 찬성."

적유랑은 도무탄에게 말했는데 소연풍이 한쪽 손을 슬쩍 들며 찬성했다.

절세불련 쪽이 갑자기 쥐 죽은 듯이 조용해졌다. 그들은 자신들의 생사가 타인의 말 몇 마디로 좌지우지되는, 그러면서도 말 한마디 반발하지 못하는 억눌린 듯 기묘한 분위기를 느끼고 있다.

"나도 찬성이다."

언제나 훈훈한 미소를 지어 주변 사람들을 편하게 하는 주천강이지만 지금은 냉랭한 표정으로 한쪽 손을 들었다. 그러면서 도무탄에게 전음을 보냈다.

[무탄, 자네도 찬성해.]

"나도 찬성한다."

도무탄은 주천강의 전음을 듣자마자 즉시 손을 들었다. 그렇다고 무조건 찬성한 것은 아니다.

소연풍과 적유랑은 절세불련 고수들을 쓸어버리려는 것이 진심이겠지만 최소한 주천강은 아닐 것이다.

주천강은 절세불련 고수들에게 잔뜩 겁을 주어서 항복하게 만들려는 속셈인 것 같다. 그런 그의 내심을 짐작한 도무탄은 거기에 동조한 것이다.

그러나 금정신니와 무운자, 구소자, 풍검자, 광운선 등 오대문파 장문인들은 적잖이 놀라는 표정으로 사룡의 표정을 살피기에 바쁘다.

그들은 소연풍과 적유랑의 말은 곧이곧대로 믿었으나 설마 도무탄과 주천강까지 동조한다는 사실이 믿어지지 않는다는 표정을 지었다.

그래서 도무탄과 주천강에게 뭔가 다른 속셈이 있는 것인지 두 사람의 눈치를 살피는 것이다.

그렇지만 도무탄과 주천강은 금정신니 등에게는 전음을
보내지 않았다.

그들이 전음을 듣고 얼굴 표정이나 행동으로 반응을 보여
서 적의 의심을 살지도 모르기 때문이다.

第百七章

용 사냥

그런데 도무탄과 주천강으로선 전혀 예상하지 못했던 일이 벌어졌다.

"간다!"

"모조리 죽인다!"

소연풍과 적유랑이 짧게 외치면서 호리병 안쪽을 향해 번개같이 쏘아간 것이다.

도무탄과 주천강이 어떻게 해볼 새도 없이 두 사람은 도검을 휘둘러 도강과 검강을 발출하면서 짓쳐갔다.

"흐악!"

"으아악!"

조금 전까지만 해도 이쪽 편의 오대문파 사람들을 배신자라고 떠들어댔었던 절세불련의 우두머리들이 반항조차 하지 못하고 애처로운 비명을 지르면서 우수수 거꾸러졌다.

쏴아아―

그때 수라귀수들과 마도 고수들이 거센 파도처럼 호리병 안쪽으로 짓쳐들었다.

그들이 우두머리인 적유랑을 따르는 것은 당연한데 도무탄은 그것마저 예상하지 못했다.

"엇?"

도무탄과 주천강은 화들짝 놀랐으며 금정신니와 무운자 등도 크게 놀라며 당황했다.

콰차차차창!

"흐아악!"

"와악!"

호리병 안쪽 선두 무리에서는 이미 무기끼리 부딪치는 소리와 처절한 비명 소리가 어지럽게 쏟아져 나왔다.

전혀 예상하지 않았던 싸움이 시작됐다. 이젠 도무탄으로서도 어떻게 해볼 도리가 없다.

호리병의 길쭉한 주둥이 지점은 그야말로 아비규환의 상황이 벌어졌다.

소연풍과 적유랑은 거침없이 절세불련 고수들을 거꾸러뜨리고 전진했다.

어느 누구도 두 사람을 가로막지 못했으며 두 사람은 무인지경인 양 전진했다.

그리고 그 뒤를 오백 명의 수라귀수와 마도 고수들이 따르면서 휩쓸었다.

"도 시주!"

"공격하는 것이오?"

금정신니와 무운자 등이 도무탄에게 소리쳤다. 어떻게 해야 하는지 도무탄더러 결정을 내리라는 것이다.

소연풍과 적유랑이 제아무리 천하육룡의 이룡이라고 하지만 사천여 명의 절세불련 고수는 지나치게 수가 많다. 두 사람도 뼈와 살로 이루어진 인간이기에 싸우다 보면 지칠 테고, 그러면 위험에 처하고 말 것이다.

그러므로 도무탄과 주천강이 불련척멸대 고수들을 이끌고 응원을 해주는 것이 마땅하다. 소연풍과 적유랑은 그걸 믿고 공격을 개시했을 것이다.

슈욱!

"천강! 가자!"

도무탄은 급히 호리병 안쪽으로 신형을 날리면서 주천강에게 외쳤다.

주천강은 도무탄의 의도를 짐작했다. 틀릴 수도 있지만 자신의 짐작이 맞을 것이라고 확신했다.

도무탄과 주천강은 단번에 십오륙 장이나 날아서 소연풍과 적유랑 앞쪽 지면에 내려서면서 두 사람 쪽으로 몸을 돌리며 급히 외쳤다.

"멈춰라! 연풍! 유랑!"

"그만둬! 두 사람!"

소연풍과 적유랑은 움찔 놀라면서 즉시 도검을 거두는데, 발출되었던 도강과 검강이 허공중에서 스러졌다.

"무슨 일이냐?"

도무탄과 주천강, 그리고 소연풍과 적유랑 사이에는 십여 명의 절세불련 고수가 당황하여 우왕좌왕하면서 어쩔 줄 모르고 서 있지만 손에 무기를 쥐고 있을 뿐 공격할 의사는 없는 듯했다.

도무탄과 주천강은 그들에게 길을 터주며 지나가라는 손짓을 해보였다.

그들은 멈칫거리면서 소연풍 쪽과 도무탄 쪽의 눈치를 번갈아 살피는가 싶더니 한순간 꽁지에 불이 붙은 것처럼 호리병 안쪽으로 냅다 뛰어갔다.

우뚝 서 있는 소연풍과 적유랑 뒤쪽 바닥은 피바다로 변했으며 두 종류의 시체가 어지럽게 쓰러져 있다.

급소만 찔려서 깨끗한 시체를 보전하고 죽은 자들은 소연풍의 솜씨고, 목이 잘리거나 정수리에서 사타구니까지 세로로 양단되어 처참하게 죽은 시체는 적유랑의 솜씨다.

소연풍과 적유랑은 잠깐 사이에 절세불련 우두머리들을 깡그리 처치했으며, 수라귀수들과 마도 고수들이 죽인 자들까지 합치면 백여 명에 달했다.

"왜 그래?"

소연풍이 도무탄과 주천강을 보면서 슬쩍 인상을 썼다.

도무탄은 기왕지사 일이 이 지경이 돼버린 마당에 이제 와서 누구 잘잘못을 따지는 것은 좋지 않다고 생각했다. 그보다는 엉망이 돼버린 지금 이 상황을 현명하게 처리하는 것이 중요하다.

그는 진중한 표정으로 고개를 끄떡였다.

"연풍, 유랑. 잠시 기다려라."

"뭘 기다리라는 거야?"

도무탄은 엄지손가락을 세워 어깨 뒤를 가리켰다.

"이들에게 한 번 더 기회를 주자."

소연풍은 그럴 필요 없다는 듯 손을 저었다.

"무슨 기회를 자꾸 주자는 것이냐? 그냥 확 쓸어버리면 간단하다. 비켜라, 무탄."

도무탄과 주천강에게서 일 장쯤 뒤쪽에는 절세불련 고수

들이 몹시 불안한 표정으로 늘어서 있다.

그들은 도무탄과 주천강이 일 장 앞에 등을 보인 채 나란히 서서 허점을 노출하고 있지만 뒤에서 급습할 생각은 추호도 없는 것 같았다.

그보다는 외려 자신들이 급습할 것처럼 보이게 하지 않으려고 다들 쥐고 있는 무기를 지면을 향하게 했다.

지금 이런 광경은 흡사 큰 잘못을 저지른 자식들이 아버지에게 혼나고 있는데 어머니가 만류를 하고 있는 것처럼 보였다.

도무탄은 손가락 하나를 세워 보이면서 마치 사정하는 것처럼 말했다.

"내가 이들에게 한 번 더 투항을 권해보겠다. 이번에도 말을 듣지 않으면 그땐 자네들 마음대로 해라."

소연풍이 턱으로 도무탄을 가리켰다.

"너희 둘은 어쩔 거냐?"

"당연히 우리 둘은 싸움에 앞장서야지."

"알았다."

좌중이 조용한데다 도무탄과 소연풍이 다소 큰 목소리로 대화를 나누었기 때문에 그걸 듣지 못한 사람은 아마 한 명도 없을 것이다.

도무탄과 주천강은 천천히 절세불련 쪽으로 돌아섰다. 주천강은 절세불련 고수들을 한 차례 살피고 나더니 이맛살을 찌푸렸다.

"무탄, 내가 보기에 이들은 항복하지 않을 것 같다. 그렇지만 헛수고하는 셈치고 네가 투항을 권해봐라."

"흠."

도무탄은 주먹을 입에 대고 헛기침을 하고는 전면에 늘어서 있는 절세불련 고수들을 천천히 쓸어보면서 나직이 말문을 열었다.

"간단하게 말하겠소."

적인데도 절세불련 고수들은 도무탄을 우호적인 표정으로 쳐다보았다.

"싸우겠소? 아니면 항복하겠소?"

도무탄은 정말 간단하게 말하고는 입을 닫았다. 중요한 시기일수록 말을 아껴야 한다는 사실을 그는 경험을 통해서 잘 알고 있다.

원래 실패의 대부분은 쓸데없는 말을 많이 하기 때문인 경우가 비일비재하다.

지금 절세불련의 선두 자리를 지키고 있는 자들은 각 문파의 허리 역할을 하는 중간급 책임자다.

아까 배신자니 뭐니 떠들어대던 장로들은 방금 전에 소연풍과 적유랑에게 모조리 죽었다.

그들의 무공 실력이 악다구니를 쓰는 재주의 절반만 됐어도 그리 쉽게 죽지는 않았을 것이다.

중간급 책임자들은 서로의 얼굴을 쳐다보았다. 그러나 의견을 나눌 필요도 없다. 짓눌린 듯한 표정을 짓고 있는 서로의 얼굴들만 봐도 무슨 생각을 하고 있는지 짐작할 수 있기 때문이다.

조금 전에 장로들이 찍소리도 못 내고 속절없이 죽는 광경을 봤는데 그 전철을 밟고 싶지는 않았다.

무언중에 결론을 내린 중간급 책임자 중에 한 명이 뒤로 돌아서 절세불런 고수들에게 큰 소리로 외쳤다.

"싸우고 싶은 사람은 그대로 서 있고 항복하겠다는 사람은 그 자리에 앉으시오!"

다수의 의견을 따르겠다는 것이므로 지금 상황에서는 현명한 방법이다.

우르르…….

그러자 잠시 침묵이 흐르는 것 같더니 곧 대다수의 사람이 앞다투어 그 자리에 주저앉았다.

서 있는 사람, 즉 싸우겠다는 사람도 있지만 전체 사천여 명 중에 겨우 백여 명에 불과했다.

하지만 그들마저도 서 있는 사람이 너무 적다는 사실을 알고는 부리나케 그 자리에 앉았다. 그리고는 자신이 서 있었다

는 사실을 감추려는 듯 고개를 푹 숙이고 사람들 속으로 파고
들었다.

도무탄을 비롯한 사룡 앞에는 서 있는 사람이 한 명도 없이
탁 트였다.

이곳에 있는 사천여 명의 절세불련 고수가 모두 항복을 한
것이다.

도무탄은 뒤돌아서 엷은 미소를 지으며 말했다.

"이제 됐나?"

도무탄이 뛰어들어서 소연풍과 적유랑을 말리지 않았더라
면 곧장 전면전으로 치달았을 테고, 절세불련이 전멸을 하더
라도 불련척멸대도 큰 피해를 입었을 것이다. 그렇게 될 뻔한
것을 도무탄이 불과 몇 마디 말로써 해소시켰으니 실로 수천
명의 목숨을 구했다. 이는 수억 개의 불탑을 세운 것보다도
위대한 일이다.

소연풍은 말없이 칠성검을 어깨의 검실에 꽂으며 고개를
끄떡였으나 적유랑은 못마땅한 듯한 표정으로 수중의 도를
허공에 붕붕 휘두르며 중얼거렸다.

"한바탕 피바람을 일으켜야 꿀꿀한 기분이 가라앉을 텐
데… 제기랄!"

주천강이 적유랑의 어깨를 두드렸다.

"꿀꿀한 기분일랑 나중에 근사한 여자의 시중을 받으면서

풀기로 하세. 응?"

"근사한 여자라니?"

적유랑의 물음에 주천강은 생각 없이 턱으로 도무탄을 가리키며 키득거렸다.

"무탄이 우란화의 시중을 곁들여서 술 한잔 거하게 내겠다고 했어."

퍽!

"끅!"

"너나 실컷 마셔라."

적유랑은 주천강의 정강이를 냅다 걷어차고는 찬바람을 일으키며 저쪽으로 걸어갔다.

"으으……."

주천강은 정강이가 으스러지는 듯한 극심한 아픔이 물결처럼 온몸으로 퍼져 나갈 때야 비로소 적유랑이 화를 내는 이유를 깨달았다.

그는 오랫동안 우란화 소운설을 사모하고 있다가 결국에는 도무탄에게 뺏겼던 것이다.

그런 그녀의 시중을 받으면서 술을 마시다니, 그럴 바에는 차라리 지옥불 속으로 뛰어드는 것이 속편할 터이다.

도무탄을 비롯한 사룡과 금정신니, 무운자 등 오대문파의 장문인들이 의논한 결과 몇 가지 조치를 취했다.

절세불련에 속한 무당파와 화산파, 종남파, 그리고 그들이 이끌고 온 방, 문파의 고수들을 각자의 문파와 방파로 돌려보냈다.

영능이 자신의 입맛에 맞게 임명했던 무당파와 화산파, 종남파의 장문인과 장로가 모두 죽었기 때문에 그들 세 문파는 당분간 절세불련을 추종하고 싶어도 그럴 수가 없게 되었다.

그러나 그들 세 문파는 이번 출정으로 큰 희생을 치렀으며 뼈아픈 경험을 겪었기 때문에 미상불 다시는 절세불련하고 인연을 맺지 않을 가능성이 크다.

소림사가 이끌고 온 하남성 인근 방, 문파들도 그들의 지역으로 되돌려 보냈다.

하지만 소림사 제자, 즉 소림 고수들만은 돌려보내지 않고 특별한 조치를 취했다.

이곳에 온 소림 고수 삼백여 명의 무공을 모두 완전히 폐지시킨 것이다.

금정신니와 무운자를 비롯한 오대문파 장문인들과 장로들이 일일이 손을 써서 그들 삼백여 명의 혈도를 찍어 무공을 폐지시켰다.

그 누구라고 해도 절대로 무공을 회복시키지 못하게 철저를 기했다.

물론 도무탄이 용천기를 사용하면 그들의 무공을 회복시킬 수 있겠지만 그런 일을 없을 터이다.

오로지 소림사만 용서하지 않은 이유는 물어보나 마나 소림사가 절세불련의 핵심이고 소림 고수들이 영능에게 맹목적으로 충성을 하고 있기 때문이다.

무공을 폐지한 삼백여 명의 소림 고수에겐 알아서 제 갈 길로 가라고 모두 놔주었다.

무공이 없는 그들로서는 산을 내려가는 것만으로도 힘에 부치겠지만 그렇다고 일일이 원하는 곳으로 데려다줄 수는 없는 일이다.

도무탄은 적유랑하고 짝이 되어 도망친 무정혈룡을 찾으러 나섰으며, 소연풍은 주천강하고 짝이 되어 영능을 찾으러 떠났다.

적유랑과 소연풍의 성격은 생각보다는 행동이 앞서는 사람들이라서 그들 둘을 붙여놓을 경우 될 일도 되지 않을 것 같아 그래도 머리를 쓸 줄 아는 도무탄과 주천강이 각각의 짝이 되었다.

소림 고수들에게 물어보니까 영능은 소림삼불하고 함께 있다고 했다.

그들은 은둔술이나 잠행술 따위를 할 줄 모르니까 제 딴에는 안전하다고 생각하는 동굴이나 그와 비슷한 곳에 숨어서 치료를 하고 있을 테니 찾아내는 것은 그리 어렵지 않을 것 같아서 소연풍과 주천강이 그들을 맡았다.

반면에 살수지왕 무정혈룡과 그의 심복 수하 무정십살들을 찾아내는 것은 도무탄만이 가능할 듯해서 그가 적유랑과 짝을 맺었다.

도무탄은 십리인색(十里人索)을 전개하면서 조금씩 수색 범위를 넓혀 나갔다.

십리인색은 이름 그대로 십 리 내에 있는 사람의 기척을 찾아내는 살수 수법이다.

깊은 산속의 십 리 이내에서 감지할 수 있는 기척은 셀 수도 없을 만큼 많을 것이다.

그러나 십리인색은 오로지 사람의 기척만을 감지한다. 설사 시체라고 해도 사람이라면 반드시 찾아낼 수 있다. 산 사람이든 죽은 시체든 사람이 발산하는 것이라면 절대로 놓치지 않는다.

도무탄은 최초에 출발한 곳에서 서, 북, 동, 남 방향으로 십 리씩 점점 원을 넓혀가면서 차근차근 수색해 나갔다.

무정혈룡이 어딘가 은밀한 곳에 깊숙이 숨어 있다고 해도 도무탄은 찾아낼 자신이 있다.

무정십살, 아니, 세 명이 죽었으니까 이젠 일곱 명인 무정칠살 중에 한두 명이 은신처 근처에서 경계를 서고 있을 테니까 그자를 찾아내기만 하면 된다.

도무탄과 적유랑은 추호의 기척도 없이 이동하고 있으므로 무정칠살이라고 해도 두 사람을 먼저 감지하는 일은 불가능할 터이다.

수색을 시작한 지 반나절이 지났으며 오십여 리 이내를 샅샅이 뒤졌으나 도무탄과 적유랑은 무정혈룡이나 무정칠살은 커녕 흐릿한 흔적조차 발견하지 못했다.

도무탄은 조바심이 나기 시작했다. 그토록 엄중한 중상을 입은 무정혈룡이라면 최대 삼십 리를 벗어나지는 못했을 것이라고 추측했기 때문이다.

오십여 리 이내를 샅샅이 뒤졌는데도 찾아내지 못했다는 것은 두 가지 결론 중에 하나다.

무정혈룡이 오십 리 밖으로 벗어났든가 아니면 여태까지 찾아 헤맨 오십여 리 이내에 무정혈룡이 숨어 있는데도 놓쳤다는 뜻이다.

다 죽어가는 무정혈룡이 오십여 리를 벗어나는 것은 불가능한 일이지만, 어쨌든 첫 번째 경우라면 무정혈룡을 찾아내는 일은 포기해야만 한다.

그리고 두 번째 경우에는 수색을 처음부터 다시 시작해야 한다는 것인데, 힘이 드는 것은 그만두고라도 정말 맥이 빠지는 일이다.

똑같은 일을 한 번 더 반복하는 것처럼 김새는 일이 어디에 있겠는가.

"무탄, 각자 흩어져서 찾아보자."

적유랑이 미안한 얼굴로 제안했다. 지금까지 도무탄 혼자서만 십리인색 수법을 전개하여 수색을 했는데 적유랑은 그의 뒤를 묵묵히 따르기만 했던 것이다.

도무탄은 적유랑의 제안을 거절하지 못했다. 무정혈룡이나 무정칠살이 꼭꼭 숨어 있으면 적유랑의 능력으로는 찾아내는 것이 결코 쉽지 않을 것이다.

그렇다고는 하지만 지금 같은 상황에서는 적유랑의 도움이라도 절실하게 필요하다.

혹시라도 누가 알겠는가. 소가 뒷걸음치다가 쥐를 밟을 수도 있다는 말이다.

"만약 발견하면……."

"공격하지 말고 즉시 서로에게 알린다."

도무탄이 주의를 주려고 하자 적유랑이 그의 내심을 알아차리고 말을 받았다.

그런데 도무탄이 지금까지 왔던 방향으로 몸을 돌려서 가려고 하자 적유랑이 그의 팔을 잡았다.

"그쪽 말고 수색하지 않은 곳을 뒤져보자."

"나는……."

"자네가 얼마나 세심하게 수색을 했는지 내가 줄곧 지켜봤었는데 실수는 없었어. 그렇다면 놈은 오십 리 안에는 없는 게 분명해."

"자네……."

도무탄은 자신을 이렇게까지 신뢰해 주는 적유랑이 고마웠고 또 위로를 받았다.

적유랑은 도무탄의 팔을 놓으며 말했다.

"역으로 생각해 보자. 우리가 무정혈룡이나 그 심복들이라면 오십 리 안에 숨어 있겠나?"

그의 말에 도무탄은 갑자기 머릿속의 뇌를 끄집어내서 얼음물에 헹군 것 같은 느낌이 확 들었다.

평상시에는 습관처럼 사용하던 역지사지(易地思之)다. 내가 상대의 입장이 돼서 생각을 해보면 답이 더 쉽게 나올 수 있을 텐데, 그 간단한 이치를 간과하고 무작정 수색만 했으니 미련하기 짝이 없었다.

그는 늦은 감이 있지만 지금이라도 자신이 무정혈룡의 입장이었다면 어떻게 행동했을지 유추해보았다.

'적 근처에 머문다는 것은 아무리 완벽하게 은둔을 한다고 해도 짚더미를 등에 지고 불속에 있는 것과 같은 일이다. 그러므로 나였다면 목숨이 붙어 있는 한 무조건 최대한 멀리 벗어나려고 사력을 다했을 것이다.'

적유랑이 주위를 둘러보면서 중얼거렸다.

"자네, 무정혈룡이 사는 곳을 아나?'

도무탄은 동쪽을 가리켰다.

"안휘성 합비 아래 소호 근처야."

"그렇다면 동쪽으로 가보자."

호사수구(狐死首丘), 미물인 여우도 죽을 때는 고향 쪽으로 머리를 둔다고 했다.

그러므로 무정혈룡도 본능적으로 집이 있는 소호, 즉 동쪽으로 향했을 것이라는 얘기다.

"너……."

도무탄은 적유랑의 두뇌에 대해서는 솔직히 전혀 기대를 하지 않았었다가 이번에 적잖이 놀랐다.

"내 의견이 마음에 안 들면 그냥 네 뜻대로 해라."

적유랑은 머리를 쓰는 도무탄의 영역을 자신이 침범했다는 생각에 미안한 생각이 들었는지 슬쩍 한발 뒤로 뺐다.

도무탄은 벌쭉 웃었다.

"소심하기는……."

"소심?'

"좋은 생각이다, 유랑. 그런 기발한 생각을 해내다니, 솔직히 너한테 좀 감탄했다."

"무슨……."

적유랑이 얼굴을 돌리는데 뺨이 발그레 붉어지는 것을 도무탄은 놓치지 않았다.

"어? 너 지금 부끄러워하는 거냐?"

"부끄러워하긴 누가……."

적유랑의 얼굴이 더 붉어지자 도무탄은 유쾌하게 그의 궁둥이를 마구 두드렸다.

"하하하하! 수라마룡이 부끄러워서 얼굴을 붉히다니, 세상이 놀랄 일이다!"

"음……."

도무탄은 한숨 푹 잘 자고 깨어났다.

"어?"

그는 눈을 뜨다가 가볍게 놀랐다. 자신이 누군가의 등에 업혀 있는 사실을 깨달았기 때문이다.

그가 놀라서 반사적으로 몸을 뒤채자 그를 업은 채 달리고 있는 사람이 조용한 목소리로 말했다.

"깨어났나?"

'유랑…….'

그 순간 도무탄의 뇌리를 번뜩 스치는 것이 있다. 적유랑의 궁둥이를 두드리면서 유쾌하게 웃는 것을 마지막으로 아무 기억이 없다.

"으으……."

그런데 뒤통수가 깨질 듯이 아프다.

"으윽… 유랑, 네가 날 때렸느냐?"

도무탄은 적유랑이 자신을 때린 기억은 없는데 뒤통수가 이렇게 아프다는 것은 누구에게 호되게 맞았을 것이라는 이유밖에는 없다.

"놀리지 마라. 난 놀림당하는 것을 가장 싫어한다."

적유랑은 조용하지만 단호하게 대답했다. 그가 도무탄의 뒤통수를 때려서 혼절시킨 것이 틀림없다.

고개를 뒤로 젖히고 웃느라 정신이 없을 때 뒤통수를 얻어 맞은 것이다.

궁둥이를 두드리면서 웃었던 것이 적유랑에게는 수치심으로 작용을 했었나 보다.

"미안하다."

도무탄이 중얼거리자 적유랑은 달리는 것을 멈추고 상체를 앞으로 굽히며 그를 지면에 내려주었다.

"앞으로는 조심해라."

"알았다."

두 사람은 어느 벼랑 끝에 나란히 서서 불어오는 맞바람에 머리카락과 옷자락을 세차게 펄럭였다.

적유랑은 주위를 두리번거리다가 좌측 수백 장 떨어진 곳에 벼랑이 낮아져서 강가에 이르는 곳에 시선을 주었다.

"길을 잘못 들었군. 저쪽으로 돌아가야겠다."

"아냐. 넌 이 길로 가라."

탁!

"으헛?"

도무탄이 갑자기 등을 세차게 떠밀자 적유랑은 벼랑 아래로 곤두박질치며 깜짝 놀랐다.

그리고는 벼랑 아래로 그의 애처로운 비명과 절규가 길게 이어졌다.

"으아아―! 나 헤엄 못 친다는 말이다!"

도무탄은 작은 점으로 멀어지는 적유랑을 굽어보며 싸늘하게 미소 지었다.

"나는 누가 뒤통수 때리는 게 제일 싫어."

적유랑의 절규는 엄살이 아니었다. 그는 정말로 헤엄을 칠 줄 몰라서 벼랑 아래 강물에 빠졌다가 여러 차례 수면 위와 아래로 오르락내리락하더니 결국 혼절하고 말았다.

강폭이 웬만하고 또 유속이 잔잔했다면 적유랑으로서도

안간힘을 써서 빠져나올 수 있었을 것이다.

그는 허공에서 한쪽 발로 다른 발등을 찍고 한 번에 십여 장 정도 날아갈 수 있다.

그런데 강폭은 무려 팔십여 장에 이르렀다. 벼랑에서 떨어지던 그는 결사적으로 발끝으로 다른 발등을 연달아 서너 차례 찍으면서 맞은편 절벽으로 날아가던 도중에 강물에 떨어지고 말았다.

강물에 빠져서도 물속에서 발끝으로 물을 박차면 최대한 수면 위 삼사 장까지는 솟구칠 수 있다.

그는 수면으로 솟구쳤다가 발끝으로 다른 발등을 찍어서 강가로 가는 두 동작을 연결하여 미친 듯이 시도했으나 끝끝내 실패하고는 강물 속으로 깊이 가라앉았다.

이 강은 안휘성에서 가장 높은 천주산에서 발원하여 소호로 흘러들며 매하(梅河)라고 하는데, 강폭이 넓고 수심이 깊으며 경치가 아름다운 탓에 예로부터 소장강(小長江)이라고 불렸었다.

이번에는 적유랑이 도무탄 등에 업혀 있다가 긴 혼절에서 깨어났다.

적유랑은 자신이 강물에 빠져서 죽을 뻔했었던 쓰라린 기억을 떠올리고는, 이번만큼은 절대로 도무탄을 용서할 수가 없다는 각오로 등에 업힌 상태에서 그의 머리통을 부숴 버리려고 했다.

적유랑은 업힌 상태에서 아무런 기척도 없이 눈만 살짝 뜨고 있어서 도무탄은 그가 깨어났다는 사실을 까맣게 모르고 있을 터이다.

적유랑은 자신이 강물에 빠져서 죽자 사자 팔다리를 버둥거리며 강물을 한껏 들이켰었던 그 고통을 단숨에 날려 버리기 위해서 천천히 오른팔을 들어 올렸다.

주먹을 쥐고 도무탄의 뒤통수를 제대로 겨냥하고는 이제 휘두르기만 하면 되는데, 그때 적유랑은 문득 도무탄이 움직이지 않고 석상처럼 뻣뻣하게 굳은 채 멈춰 서 있다는 사실을 깨닫게 되었다.

[유랑, 숨도 쉬지 마라.]

그때 도무탄의 조용한 전음이 적유랑의 귀에 전해졌다. 그가 깨어났다는 사실을 도무탄을 알고 있었다.

그렇다면 뒤통수를 때리려고 겨냥했다는 사실도 당연히 알고 있을 터이기에 적유랑은 괜히 머쓱해져서 들어 올렸던 팔을 슬그머니 내렸다.

적유랑은 약간 고개를 들어 전면을 주시하다가 뭔가를 발견하고 흠칫 몸이 굳어졌다.

나무가 무성한 전방 좌측 십여 장 거리의 어느 커다랗고 검은 바위 옆에 한 명의 흑의 경장인이 서 있는 모습이 시야에 들어왔다.

이곳은 급경사의 산비탈이며 나무들과 크고 작은 바위들이 뒤섞여 있는 매우 험한 지형이다.

그렇다는 것은 은둔하기에 최적지라는 뜻이다. 그리고 흑의 경장인은 복면을 하고 있지는 않지만 무정칠살 중에 한 명일 것이다.

적유랑은 도무탄이 흑의 경장인이 아닌 다른 곳을 쳐다보고 있다는 것을 알았다.

그래서 그가 보고 있는 방향을 자세히 살펴보다가 그곳에 커다란 바위에 가려진 작은 언덕이 있는 것을 발견했다. 만약 바위 뒤쪽 언덕에 동굴 같은 것이 있다면 무정혈룡이 숨기에는 적격일 터이다.

더구나 작은 언덕이 있는 곳에서 삼 장쯤 떨어진 곳에서 흑의 경장인이 경계를 서고 있으므로 그곳에 무정혈룡이 있을 가능성이 높다.

[계획이 있어?]

적유랑은 도무탄의 등에서 내릴 생각도 하지 못한 채 작은 언덕에 시선을 주고 물었다.

[저기 갈색의 커다란 바위 보이지?]

[그래. 그 뒤의 작은 언덕에 동굴이 있을 것 같군. 그곳에

놈이 숨어 있지 않을까?]

[내 생각도 그래. 그러니까 저기 저놈을 해치우자마자 갈색 바위 뒤로 곧장 덮쳐 간다. 어때? 다른 의견 있나?]

[없어. 그렇게 하자.]

적유랑이 아무리 궁리해 봐도 그것보다 더 좋은 방법은 떠오르지 않을 것 같았다.

[동굴이 있으면 내가 진입하고 유랑 너는 바깥을 맡아라. 튀어나오는 놈은 누구든지 처치해.]

[알았다. 대신 저놈은 내가 처치하지.]

적유랑은 무정혈룡이 도무탄의 적이라고 인정하기에 먹잇감에 욕심을 내지는 않았다.

第百八章

우정의 이름으로

적유랑의 도기는 한 치의 오차도 없이 흑의 경장인의 목을 뎅겅 잘랐다.

　지금처럼 가까운 거리, 더구나 정확도를 기해야 할 상황에서는 도강보다는 도기를 전개하는 것이 바람직하다. 도강은 강력한 반면에 도기는 정확하다.

　슈우……

　도무탄은 아지랑이처럼 지면에 낮게 깔려서 작은 언덕으로 유령처럼 쏘아 갔다.

　적유랑은 그림자처럼 뒤따르면서 목이 잘려서 쓰러지고

있는 흑의 경장인의 머리와 몸을 잡아 지면에 살짝 내려놓고
는 다시 도무탄의 뒤를 따랐다.

도무탄이 커다란 갈색 바위 옆을 한 줄기 바람처럼 스쳐 지
나자 과연 작은 언덕 아래에는 바싹 마른 풀과 넝쿨이 무성하
고 그 뒤에 어두컴컴한 입구의 동굴이 나타났다.

와사삭!

그는 풀과 넝쿨을 뚫고 폭 일 장 높이 일 장 반 크기의 동굴
입구 안으로 화살처럼 쏘아 들어갔다.

동굴 안은 칠흑처럼 어두웠으나 도무탄에게는 아무런 문
제가 되지 않았다.

안으로 들어갈수록 조금씩 넓어지고 또한 구불구불한 동
굴을 도무탄은 거침없이 쏘아 들어가면서 용천기를 극한으로
끌어 올렸다.

'있다!'

동굴 막다른 곳 바닥에 마른 풀이 수북하게 깔려 있고 그곳
에 핏빛 옷을 입은 한 사람이 반듯하게 누워 있는 모습이 눈
에 띄었다.

무정혈룡은 최초에 도무탄과 싸웠던 곳으로부터 동쪽으로
무려 팔십여 리나 도망쳐 와 이런 곳에서 은밀하게 치료를 받
고 있었던 것이다.

그러나 이것으로 쫓고 쫓기는 지루한 술래잡기는 도무탄

의 승리로 끝나게 되었다.

애당초 무정혈룡이 도무탄과 주천강의 살인 청부를 받은 것이 잘못된 선택이었다.

거기에 더해서 도무탄과 주천강이 영능을 합공하는 순간을 노려서 급습을 가한 것이 비열한 짓이었다.

고로 그가 죽는 것은 자업자득인 것이다. 천하육룡의 혈룡을 죽인다는 생각 같은 것은 들지 않았다. 다만 복수를 하는 것뿐이다.

도무탄은 누워 있는 무정혈룡과 이 장 남겨둔 거리에서 힘껏 쌍장을 뻗었다.

구태여 두 손을 내밀지 않아도 용천기는 그의 몸 아무 곳에서나 발출되지만, 그래도 무정혈룡을 죽이는 순간을 만끽하고 싶어서 쌍장을 뻗었다.

그런데 용천기가 추호의 음향도 모양도 없이 무정혈룡을 향해 쏘아갈 때 도무탄은 가볍게 흠칫했다.

지푸라기 위에 반듯하게 누워 있는 자의 얼굴은 도무탄이 알고 있는 무정혈룡이 아니다.

도무탄이 중상을 입고 쓰러져 있을 때 무정혈룡이 죽이려고 가까이 다가왔었기 때문에 얼굴을 똑똑하게 기억하고 있는데, 그때 봤던 얼굴은 저 얼굴이 아니다.

이상한 것은 그것뿐만이 아니다. 중상을 입은 무정혈룡이 치료를 받고 있는데 어째서 수하가 한 명도 없이 그 혼자만 덜렁 누워 있다는 말인가.

꽝!

도무탄이 멈칫하는 순간 용천기는 누워 있는 자의 상체에 고스란히 적중되어 폭음이 울렸다.

좁고 밀폐된 공간이라서 폭음이 더 크게 울렸으며 동굴 안 전체가 격렬하게 떨어댔다.

"이런……."

도무탄은 가슴 부위가 완전히 으깨진데다가 상체가 허리에서 거의 떨어져 나간 시체의 얼굴을 내려다보며 미간을 잔뜩 찌푸렸다.

다시 한 번 살펴봤지만 그자는 무정혈룡이 아니었다. 무정혈룡하고는 한 군데도 닮지 않은 전혀 다른 인물이다.

그러면 그렇지, 소위 살수지왕이라는 무정혈룡이 이처럼 쉽게 발견되고 또 죽을 리가 없다.

토끼가 천적으로부터 자신을 보호하기 위해서 여러 개의 굴을 판다던데 무정혈룡이 딱 그 짝이다.

놈은 바깥에 흑의 경장인까지 경계를 하는 것처럼 세워두고 동굴 안에는 자신을 대신할 허수아비를 눕혀두었다. 참으로 교활한 자다.

아니다. 무정혈룡은 엄중한 내상을 입고 인사불성 상태가 되어 있을 테니까 필경 최측근, 즉 무정칠살이 상전을 보호하느라 이런 짓을 꾸몄을 것이다.

무정혈룡의 최측근은 치밀한 자들이 분명하다. 물론 도무탄은 그들이 무정칠살이라는 사실을 모르지만 무정혈룡이 자신을 습격할 때 주천강을 급습했던 자들이 최측근이라고 알고 있다.

그들 무정칠살이 이런 짓을 꾸민 것이 분명하다. 도무탄 등이 추격할 것이라고 예상하여 이런 식으로 여러 곳에 미끼를 마련해 놓았을 것이다.

그리고 정작 무정혈룡은 가장 완벽하게 은밀한 장소에서 치료를 받고 있을 터이다.

'허접한 수작에 속다니!'

도무탄은 좀 더 세밀하게 살피지 않고 무턱대고 뛰어든 자신을 책망했다.

그리고 그때까지도 그는 이것이 위장인 동시에 함정일 것이라는 생각은 전혀 하지 못했다.

그저 영리한 토끼가 여러 개의 굴을 곳곳에 파놓은 것처럼 무정혈룡도 그런 짓을 했다는 사실에 단순하게 울화가 치밀 뿐이다.

치이…….

그런데 그때 동굴 입구 쪽에서 이상한 소리가 들렸다. 매우 흐릿한 물이 흐르는 듯한 소리다.

휘익!

도무탄이 움찔하며 그쪽으로 고개를 돌리는데 이번에는 가벼운 파공음이 들려왔다.

그것은 사람이 아니라 어떤 크지 않은 물체가 허공을 가르며 빠른 속도로 도무탄이 있는 안쪽으로 쏘아 오는 소리가 분명했다.

'이놈들이 또 무슨 수작을…….'

도무탄은 슬쩍 인상을 쓰며 쏘아낸 화살보다 몇 배나 빠른 속도로 동굴 입구를 향해 질주했다.

타닥… 탁…….

그 순간 뭔가 동굴 벽과 바닥에 부딪치는 소리가 났다. 방금 전 안쪽으로 쏘아들던 물체가 구불구불한 동굴 벽에 부딪쳤다가 바닥에 굴러떨어지는 것 같았다.

그때까지도 도무탄은 그 물체가 무엇인지 전혀 짐작조차 하지 못했다.

쉬이…….

한 줄기 검은 바람처럼 오른쪽으로 굽은 길을 돌았을 때 그는 저만치 바닥에서 무언가 반짝이고 있는 것을 발견하고 멈칫했다.

그것은 동굴 안으로 날아오다가 벽에 여러 차례 부딪치고는 바닥에 떨어진 물체가 분명했다.

치이이…….

그것은 무엇이 타는 것처럼 반짝일 뿐만 아니라 작은 소리를 발산하고 있다.

어린아이 머리통만 한 크기의 검고 둥근 물체가 바닥에 떨어져 있으며, 그곳에서 돌출된 가느다란 끈 같은 것에 불이 붙어서 타들어가고 있는 광경이 도무탄의 시야 속으로 끌어당기듯 확산되었다.

'벽력탄(霹靂彈)!'

엄청난 폭발력을 지니고 있다는 벽력탄이라는 물건을 실제로 본 적은 없지만 어떻게 생겼다는 얘기 정도는 들은 적이 있는 도무탄이 아연실색했다.

만약 벽력탄이 폭발하면 동굴이 붕괴될 것이고 그는 이 안에 꼼짝없이 매몰되고 말 터이다.

순간적으로 그는 벽력탄이 폭발하기 전에 저곳을 지나가야겠다는 판단을 내리고 일순간 멈칫했던 신형을 가일층 빠르게 쏘아냈다.

자칫하여 벽력탄 위를 지날 때 폭발하면 온몸이 갈가리 터져 버릴 것이라는 생각은 미처 하지 못했다.

그보다는 벽력탄이 폭발하는 안쪽에 있다가 동굴이 무너지면 꼼짝없이 생매장당하고 말 것이라는 불안감이 몸을 날리게 만들었다.

쿠콰앙—!

"으아악!"

그 순간 벽력탄이 폭발했다. 바로 앞에서 작은 태양이 폭발하는 듯한 섬광과 가공한 위력이 뿜어지는 것을 느끼면서 도무탄은 자신의 바로 아래에서 벽력탄이 폭발했다고 생각했으며 실제 온몸으로 그렇게 느꼈기에 처절한 비명을 터뜨리며 몸이 분해되는 듯한 충격을 받았다.

적유랑은 도무탄이 들어간 동굴 입구 밖에 우뚝 서서 날카로운 눈빛으로 천천히 주위를 둘러보았다.

그때 동굴 안 깊은 곳에서 쾅! 하는 둔탁한 음향이 터지자 그는 도무탄이 무정혈룡을 죽인 것이라 짐작하고 빙그레 흐릿한 미소를 지었다.

최초에 무정혈룡과 싸웠던 장소에서 이곳까지 도대체 얼마나 멀리 왔는지 그는 대충적인 짐작도 하지 못했다. 그런데 이제야 비로소 고생 끝에 무정혈룡을 죽였다.

더구나 새로 얻은 마음에 쏙 드는 친구 도무탄이 같은 천하육룡의 한 명인 무정혈룡을 죽였다는 사실에 뿌듯한 마음마저 들었다.

그런데 그때 동굴 안에서 무언가 벽에 부딪치는 타탁! 하는 소리가 들리는가 싶더니 느닷없이 동굴 밖으로 하나의 검은 인영이 쏜살같이 튀어나왔다.

적유랑은 도무탄이 나오는 것이라 짐작했는데 막상 튀어나오는 것이 한 명의 낯선 흑의 경장인이라는 사실을 확인하는 순간 그의 손이 어깨로 향했다.

번쩍!

적유랑의 혈도가 뽑히는 것과 동시에 동굴에서 튀어나오던 흑의 경장인의 목이 여지없이 잘라져서 허공으로 둥실 떠올랐다.

그리고 적유랑은 도무탄이 동굴에 진입하면서 마음이 급한 나머지 동굴 안 어딘가에 숨어 있는 흑의 경장인을 발견하지 못했을 것이라는 데 생각이 미쳤다.

그래서 그가 무심코 동굴 입구 안쪽으로 시선을 던지는데 그 순간 동굴 안에서 엄청난 굉음이 터졌다.

쿠콰앙!

"엇?"

그가 움찔 놀라는 순간 동굴이 있는 작은 언덕 전체가 거세게 진동했으며, 동시에 동굴 안에서 수많은 돌덩이가 우박처럼 쏟아져 나왔다.

하지만 그는 피하지 않았다. 피할 수가 없다. 동굴이 폭발하고 있는데 저 안에 아직 도무탄이 있기 때문이다. 그의 안위를 생각하면 피할 엄두 같은 것이 날 리가 없다.

후우…….

그가 즉시 공력을 일으켜서 몸 주위에 호신막을 만들자 동굴 안에서 쏟아져 나온 돌들이 호신막에 부딪쳐서 튕겨졌으며 그 충격에 그는 주춤주춤 뒤로 밀렸다.

그리고 그 순간 그는 쏟아져 나오는 무수한 돌들 속에 뒤섞인 상태로 도무탄이 날아오는 것을 발견했다.

얼핏 봤지만 도무탄은 온몸이 피투성이며 혼절했는지 축 늘어져 있어서 적유랑은 심장이 철렁 내려앉았다.

"무탄!"

그는 호신막을 푸는 것과 동시에 몸을 날려 두 팔로 힘껏 도무탄을 안았다.

퍼퍼퍼퍽!

그 짧은 순간에 크고 작은 돌들이 무수히 그의 얼굴을 비롯한 온몸을 두들겼다.

하지만 그는 도무탄이 돌에 맞지 않게 하려고 반사적으로 온몸으로 그를 보호했다. 그 바람에 몇 개의 돌에 더 적중되었다.

쉬이익—

그는 일단 그곳을 벗어나야겠다는 생각에 전력으로 경공을 전개했다.

동굴이 폭발한 곳으로부터 쉬지 않고 십여 리쯤 달려온 적유랑은 깊은 산속의 어느 거목 아래에 조심스럽게 도무탄을 내려놓았다.

도무탄은 그야말로 처참한 만신창이가 되었다. 사지육신의 형체가 온전하게 남아 있지 않다는 표현은 이럴 때 쓰는 것 같았다.

물론 얼굴은 완전히 짓이겨져서 어디가 눈이고 어디가 입인지 알 수가 없다.

마치 누워서 자고 있는 사람의 얼굴을 커다란 쇠망치로 내려찍은 것 같은 끔찍한 몰골이다.

동굴이 폭발하고 튀어나오는 도무탄을 안고서 미친 듯이 이곳까지 단숨에 달려오면서 적유랑은 그가 살아 있기만을 간절히 기원했었다.

그렇지만 지금 그가 굽어보고 있는 도무탄은 죽었다. 그의 몸뚱이는 갈가리 짓찢어져서 하나의 큼직한 고깃덩이에 다름이 아니다. 그러니 누가 보더라도 죽었다고 여길 수밖에 없는 것이다.

"무탄… 흐으으……."

적유랑은 핏덩이가 된 도무탄의 몸이 흐트러질까 봐 차마 만질 수도 없어서 두 손으로 안타깝게 허공을 허우적거리며 상처 입은 맹수처럼 상체를 좌우로 흔들면서 굵은 눈물을 뚝 뚝 흘렸다.

"으으으… 이건 아니다……. 이건 말이 안 된다……."

그는 도무탄의 죽음이 마치 자신의 실수로 인한 결과인 것처럼 자책했다.

도무탄이 동굴 안으로 혼자 뛰어들 때 어째서 무정혈룡을 죽이는 것이 당연히 그의 몫인 것처럼 쉽게 양보를 한 것인지 후회가 되어 미칠 것만 같았다.

그는 도무탄의 죽음이 그 자신이 죽은 것보다도 더 슬프고 비통해서 어쩔 줄 몰랐다.

"크으으… 무정혈룡 이 죽일 놈의 새끼……. 비열하게 벽력탄을 사용하다니……."

무림에서는 벽력탄을 사용하는 것이 절대금기지만 살수 집단은 예외다.

누가 그것을 용인해 준 적은 없으나 그들은 오래전부터 벽력탄을 비롯한 여러 금기된 물건이나 방법들을 거리낌 없이 사용해 왔다.

목적을 위해서는 수단과 방법을 가리지 않는 것이 살수 집단의 오래된 전통처럼 굳어졌다.

"으……."

그런데 그때 짓이겨진 핏덩이에게서 미약한 신음 소리가

가느다랗게 흘러나왔다.

"무, 무탄!"

"으으……."

짓뭉개진 얼굴의 입이라고 생각되는 부위에서 이번에는 좀 더 긴 신음이 새어 나왔으며 핏덩어리 몸이 작게나마 꿈틀 거렸다.

"무탄, 죽지 않았구나… 아직 죽지 않았어……."

적유랑은 이번에는 기쁨의 눈물을 흘리면서 허둥거렸으나 여전히 그를 만지지 못했다.

"무탄, 내가 어떻게 널 도와주면 되겠느냐?"

"으으……."

그러나 도무탄은 의미를 알 수 없는 신음을 흘리면서 한 마리 커다란 벌레처럼 꿈틀거릴 뿐이다.

입이 어디에 있는지도 모를 정도로 짓뭉개졌는데 대저 무슨 말을 할 수 있다는 말인가.

그가 무슨 말을 해주기를 기대하는 적유랑 자신이 원망스럽기 짝이 없었다.

그렇지만 그런 무의미한 신음마저도 잠시 후에는 흘러나오지 않았다.

"아아… 나는……."

도무탄을 위해서 자신이 해줄 것이 전혀 없다는 사실에 절망하던 적유랑의 뇌리를 번쩍 스치는 것이 있다.

그것은 도무탄이 타인의 상처뿐만 아니라 자신의 상처마저도, 설사 그것이 불과 일각 후에 죽음에 이를 만큼 위중한 상처일지라도 스스로 치료하는 놀라운 능력을 지녔다는 사실이다.

'그렇다. 무탄이 스스로를 치료할 수 있도록 내가 호법을 서야 한다.'

지금으로썬 그것만이 유일한 희망이다. 그는 조심스럽게 도무탄을 안고 일어섰다.

밤이 깊어졌다.

적유랑은 강가의 어느 높은 바위 위 평평한 곳에 도무탄을 반듯하게 눕혀놓고 자신은 그 옆에 가부좌의 자세로 앉아서 물끄러미 그를 지켜보고 있다.

넓은 강가에는 크고 작은 바위가 수백 개나 여기저기에 흩어져 있다.

그러나 두 사람이 올라가 있는 바위 주위에는 그보다 높은 것이 없다.

그리고 가장 가까운 바위가 오 장의 거리를 두고 있을 만큼 바위들이 멀찍이 뚝뚝 떨어져 있다.

적유랑이 이런 장소를 선택한 이유는 무정혈살대의 암습

에 대비한 것이다.

그럴싸한 동굴 속에 무정혈룡이 있는 것처럼 꾸며서 도무탄을 유인하여 매몰시켜서 죽이려고 했을 정도면 이곳에 무정혈살대가 있을 것이라고 추측했다.

적유랑은 무정혈룡은 물론이고 무정혈살대에 대한 지식이 아무것도 없다.

다만 행해질지도 모르는 그들의 습격에 대비하여 자신이 아는 한 최적의 장소로 이곳을 선택했다.

도무탄이 동굴 속 폭발로 만신창이가 됐던 때가 늦은 오후 무렵이었는데 지금은 어느덧 밤이 되었다.

적유랑은 이 바위에 올라온 이후 도무탄에게서 잠시도 시선을 떼지 않고 있지만 그의 갈가리 찢어진 참혹한 모습은 아까하고 전혀 변화가 없다.

그런 그를 지켜보고 있어야 하는 적유랑의 심정은 시간이 지날수록 더욱 참담해졌다.

그래서 혹시 도무탄이 죽었을지도 모른다는 걱정에 그에게 귀를 가까이 대고 어떤 생존의 징후 같은 것을 감지하려고 노력했으나 아무것도 감지하지 못했다.

이렇게 오랫동안 그에게서 아무런 변화가 없다면 정말 죽었을지도 모르는 일이다.

그래도 적유랑은 도무탄의 죽음을 믿고 싶지도 믿으려고

하지도 않았다.

자신이 이렇게 든든하게 지켜주고 있으면 도무탄이 오래
지 않아서 아무 일도 없었다는 듯 훌훌 털고 일어나서 환하게
웃어줄 것만 같았다.

소생한 그가 다시 적유랑의 속을 뒤집어놓는 짓궂은 농담
을 하고 궁둥이를 두드리면서 웃는다고 해도 이제는 절대로
화내지 않을 터이다.

다시 살아나 주기만 한다면 하루 종일 그에게 궁둥이를 내
맡길 수도 있다.

괴팍한데다 잔인하기 비길 데 없는 인물로 알려져 있는 적
유랑은 사실 이날 이때까지 단 한 명의 진정한 친구도 갖지
못했었다.

그런데 위기의 순간에 거의 다 죽어가다가 소생한 그에게
한꺼번에 세 명의 친구가 생겼다.

도무탄은 꺼져 가던 적유랑의 생명의 촛불에 다시 불을 켜
준 생명의 은인이다.

그뿐만 아니라 적유랑을 구하러 가자고 소연풍과 주천강
을 설득한 사람도 도무탄이었다는 사실을 나중에 주천강에게
들어서 알게 되었다.

도무탄이 아니었다면 적유랑은 한꺼번에 세 명의 친구를
얻지 못했을 것이다.

그러므로 세 친구 중에서 가장 마음이 가는 친구가 어떤 사람이냐고 누군가 묻는다면 길게 생각할 것도 없이 도무탄을 꼽을 것이다.

'무탄……'

적유랑은 이미 오랫동안 아무런 움직임이 없는 핏덩이를 굽어보면서 어금니를 힘껏 악물었다.

'이대로 죽으면 안 된다. 무탄. 나는 아직 너에게 고맙다는 말도 하지 못했다……'

"……!"

적유랑의 미간이 슬쩍 찌푸려졌다. 멀지 않은 곳에서 희미한 기척들을 감지했기 때문이다.

그는 그것이 무정혈살대가 습격을 하려는 전조(前兆)일 것이라고 예감했다.

강 쪽을 제외한 강가의 삼 면에서 전해져 오는 희미한 기척의 수는 수십에 달했다.

그것은 무정살수 수십 명이 은밀하게 세 방향에서 접근하고 있다는 뜻이다.

적유랑이 지금 당장 감지하고 있는 수가 수십이지만 실상 무정살수들은 그보다 훨씬 많을 터이다.

그렇다고 해서 터럭만큼이라도 겁먹을 적유랑이 아니다. 오히려 지금 그는 어느 때보다도 피에 굶주려 있다. 도무탄을 이렇게 만든 무정살수들을 한 놈도 남김없이 포를 떠서 잔인하게 죽여 버리고 싶다.

'오너라. 모조리 죽여주마.'

그는 입술 끝을 비틀어 잔인한 미소를 머금으면서 내심 중얼거렸다.

설사 도무탄이 이대로 죽었다고 해도 그는 끝까지 그를 지키고 싶다.

무정살수 따위가 그의 몸에 칼질하는 것을 도저히 내버려 둘 수가 없기 때문이다.

그렇지만 무정살수들은 쉽사리 공격하지 못할 터이다. 지상에서 이곳 바위 꼭대기까지 높이가 십오 장여에 이르러서 바위라기보다는 한 덩어리의 암산(巖山)이라고 해야 옳을 정도로 거대하기 때문이다.

스스사아아…….

무정살수들의 기척이 조금 전보다 더 또렷해지고 가까워졌다. 바위 아래 주위로 몰려들고 있다.

그래도 적유랑은 가부좌의 자세에서 꼼짝도 하지 않고 도무탄만 주시하고 있다.

그가 이곳에서 움직이지 않는 한 무정살수들이 공격을 하자면 이곳까지 올라올 수밖에 없다.

그러면 그때 가서 놈들을 차례대로 죽이면 될 터이니 미리

부터 힘을 낭비하지 않아도 된다.

그런 식이라면 무정살수가 천 명이라고 해도 모두 죽일 수 있을 것이다.

치이……

문득 적유랑은 바위 아래쪽에서 기이한 음향이 희미하게 나는 것을 감지했다.

도무탄이 동굴 속에서 벽력탄에 당한 것을 생생하게 기억하고 있는 그는 흠칫 불길한 예감이 들어 재빨리 바위 아래를 내려다보았다.

극히 찰나지간에 그의 시야에 들어온 것은 두 가지 각기 다른 광경이다.

하나는 그가 내려다본 방향의 바위 아래에 모여 있는 대여섯 명의 흑의 경장인이 기다렸다는 듯이 위를 향해 일제히 무언가를 발출하는 광경이다.

쏴아악―

그리고 또 하나는 무언가를 발출하는 대여섯 명의 흑의 경장인 아래쪽에서 세 명의 흑의 경장인이 웅크린 채 무슨 수작을 부리고 있는 광경이다.

그렇지만 그들의 몸에 가린 탓에 무엇을 하고 있는지는 전혀 보이지 않았다.

슥―

적유랑이 즉시 상체를 안쪽으로 끌어들이자 이십여 자루
의 비수가 쏜살같이 수직으로 솟구쳤다.

비수는 방금 흑의 경장인들이 발출한 것으로 한 명이 서너
자루를 발출한 모양이다.

적유랑은 비수들이 솟구치자마자 즉시 바위 바깥으로 이
번에는 더 많이 상체를 내밀어서 아래를 내려다보았다.

그런데 어찌 된 일인지 바위 아래쪽에 있던 흑의 경장인 십
여 명이 빠른 속도로 바위를 등진 채 멀어지고 있는 광경이
시야에 들어왔다.

'벽력탄이다!'

바위 아래쪽은 울퉁불퉁하고 바위 위쪽보다 안으로 움푹
들어간 터라서 위에서 보이지 않지만 적유랑은 본능적으로
그렇게 직감했다.

도무탄이 동굴 안에서 벽력탄에 당한 것처럼, 놈들은 이곳
바위 아래에 벽력탄을 설치한 것이 분명하다.

생각이 거기에 미치자 앞뒤 가릴 겨를이 없는 그는 다급히
도무탄을 두 팔로 안고 전력으로 신형을 날렸다.

번쩍―

그 순간 아래쪽에서 눈부신 섬광이 새하얗게 작렬했다.

꽈꽈꽝―

그와 동시에 천번지복의 엄청난 굉음이 터지면서 거대한

바위 전체가 움쩍 허공으로 한 자 이상 들썩였다.

적유랑은 허공을 날아가면서 본능적으로 뒤돌아보다가 안색이 홱 변했다.

그가 돌아보고 있는 가운데 높이 십오 장 둘레 삼십여 장에 달하는 거대한 바위가 수십 조각으로 산산이 쪼개져서 흩어지고 있었다.

만약 그가 도무탄을 안고 신형을 날리는 동작이 조금만 늦었더라도 큰 낭패를 당할 뻔했다.

벽력탄을 알아차리지 못했다면, 폭발하는 순간 그는 반사적으로 몸을 날려서 위험을 모면할 수 있었겠지만 도무탄을 구하지는 못했을 터이다.

아니, 도무탄 없이는 그도 바위 위를 떠나지 않았을 것이다.

저 거대한 바위를 산산조각 내는 건 벽력탄을 한두 개 폭발시켜서 할 수 있는 일이 아니다.

모르긴 해도 필경 바위 아래쪽에 빙 둘러서 벽력탄 수십 개를 촘촘하게 심어 한꺼번에 폭발시키지 않고서는 불가능한 일이다.

'으드득! 이놈 새끼들……'

무정혈살대의 비열하고도 허를 찌르는 공격에 적유랑은 이를 부드득 갈며 분노했지만 지금은 도무탄을 안전하게 보호하는 게 우선이다.

그는 무정살수들이 바위 꼭대기로 기어오르거나 다른 방법으로 솟구쳐 올라서 공격할 것이라고만 예상했었지 설마 많은 벽력탄을 폭발시켜서 바위를 콩가루로 만들 줄은 상상도 못했다.

놈들은 중상을 입고 치료를 받고 있을 무정혈룡을 보호하려는 것에서 한 걸음 더 나아가 아예 도무탄과 적유랑을 죽이기로 작정한 것이 분명하다.

바위 꼭대기를 떠나 길게 포물선을 그으면서 십오륙 장 이상 날아가고 있는 적유랑은 재빨리 주위를 두리번거리며 내려설 마땅한 곳을 찾아보았다.

날아가는 전방에 높이 삼 장 남짓의 제법 커다란 바위가 하나 있고 그밖에는 대부분 올라설 만한 크기의 바위가 아니다.

바닥은 온통 굵은 자갈밭이다. 그리고는 전방 오십여 장쯤에 강변이 급격하게 좁아지면서 사라지고 그 대신 절벽이 시작되는데 높이가 대략 이십여 장쯤이다. 절벽 위는 무성한 숲으로 이루어져 있다.

적유랑은 전력으로 달려서 절벽까지 도달한 후에 절벽 위로 솟구쳐 올라서 도주해야겠다고 마음먹었다.

방금 전까지만 해도 무정살수들에 대한 분노가 골수에 사무쳐서 닥치는 대로 죽이고 싶었으나 지금은 도무탄의 안위가 우선이므로 무리한 싸움은 피하고 보는 것이 상책이라고 판단했다.

탓!

적유랑은 삼 장 높이 바위 꼭대기를 오른발로 힘껏 디뎠다가 전방을 향해 솟구쳤다.

그런데 그 순간 그가 진행하고 있는 전방에 흩어져 있는 수십 개의 크고 작은 바위 뒤쪽에서 흑의 경장인, 즉 무정살수들이 흡사 유령처럼 튀어나왔다.

그 수가 오십여 명에 이르는 것을 확인한 적유랑의 송충이 같은 굵은 눈썹이 꿈틀거렸다.

'으음! 이놈들……'

무정혈살대는 적유랑이 도무탄을 안고 도망치도록 내버려두지 않았다.

그들은 이곳 강변에서 적유랑하고 사생결단을 내보자는 의도가 분명하다.

도무탄이 중상을 입었으므로 지금이 그를 죽일 수 있는 절호의 기회라고 판단했을 터이다.

그래서 거대한 바위 꼭대기에 있는 적유랑과 도무탄을 싸우기 유리한 장소로 끌어내리기 위해서 바위를 폭발시켰던 것이다.

적유랑이 바위 꼭대기에 있는 한 그를 죽이기 어렵다는 사실을 잘 알고 있기 때문이다.

적유랑은 허공을 날아가는 중에 힐끗 뒤돌아보았다. 예상했던 대로 뒤쪽에서도 수십 명의 무정살수가 여러 방향에서 빠르게 쏘아 오고 있다.

이곳에 있는 무정살수는 모두 합쳐서 족히 백여 명은 될 것 같았다.

그리고 하나 분명한 것은 적유랑이 절벽에 닿기 전에 이들과 한바탕 격전을 벌여야 할 것이라는 사실이다.

그는 도무탄을 굽어보았다. 도무탄은 팔다리와 몸뚱이가 짓찢어져서 두 팔로 고이 안지 않으면 덜렁거릴 것이고 심할 경우 떨어져 나갈지도 모른다.

아니, 그럴 가능성이 크다. 그가 살아 있든 죽었든 사지육신이 떨어져 나간 몰골로 만들 수는 없다.

'뚫는다!'

그는 결심을 하고 도무탄을 두 팔로 더욱 확실하게 그러안으며 온몸에 공력을 주입하여 몸을 가볍게 만들어 속도를 높였다.

쐐애액!

그렇지만 그걸 물끄러미 보고만 있을 무정살수들이 아니다. 적유랑이 포물선을 그으면서 날아가 착지하려는 지점을 향해 가까운 곳에 있는 십여 명의 무정살수가 빠르게 쇄도하며 검을 그어댔다.

적유랑이 워낙 빠르기 때문에 그를 직접 겨냥해서는 실효를 거두지 못한다.

그래서 무정살수들은 발검을 하여 적유랑이 도달하게 될 지점을 계산하여 찌르고 베어갔다. 그런 것을 이른바 예검격(豫劍擊)이라고 한다.

자신이 내려설 곳을 향해서 무정살수들이 벌 떼처럼 몰려들고 있는 광경을 뻔히 보면서도 그곳으로 쏘아갈 적유랑이 아니다.

도를 사용한다면 그깟 열 명의 무정살수쯤은 이삼 도(二三刀)에 몰살시킬 수 있지만, 지금은 도무탄을 안고 안전하게 피하는 것이 급선무다.

후웅―

그는 비스듬히 하강하고 있는 몸을 갑자기 오른쪽으로 꿈틀 비틀면서 마치 잉어가 수면 위로 튀어오르는 듯한 몸짓으로 오른발을 번개같이 뻗어 무정살수 한 명의 머리를 후려 차갔다.

일직선으로 허공을 빠르게 쏘아 가는 중에 갑자기 허리를 비틀어서 방향을 전환할 수 있는 능력은 적유랑 정도의 초극고수나 가능한 일이다.

뻐뻑!

"끅!"

"캑!"

적유랑은 몸을 비스듬히 눕힌 자세로 두 발을 가위질을 하듯이 좌우로 휘둘러서 공격하는 무정살수 두 명의 머리통을 번개같이 찼다.

그의 목적은 싸우려는 것이 아니라 두 발로 무정살수 두 명의 머리를 차면서 반탄력을 얻어 그 힘으로 방향을 전환하여 더 높고 멀리 솟구쳐서 날아가려는 것이다. 그의 디딤돌 역할을 해준 두 무정살수의 머리통이 산산이 박살 난 것은 두말할 필요가 없다.

슈웃—

그런데 그가 빠르게 비스듬히 솟구쳐 오를 때 전방과 좌우에서 또 다른 무정살수 열 명이 덮쳐 왔다.

적유랑은 지상에서 칠팔 장 높이로 솟구치고 있는 중인데 그들은 적유랑과 같은 높이로 똑같이 솟구치면서 날카롭게 찌르고 베어왔다.

그들은 적유랑이 솟구쳐서 도달할 위치, 즉 지상에서 십여장 높이를 향해 예검격을 전개했다.

그런데 어떻게 일개 살수가 십여 장 높이까지 도약할 수 있는 것인지 한순간 적유랑은 내심 적잖이 놀랐다.

무정살수가 제아무리 고강하다고 해도 도약할 수 있는 최대 높이는 삼사 장에 불과할 터이다.

하지만 그들이 공격을 해오고 있는 중이라서 그것을 확인하려고 두리번거릴 수는 없는 노릇이다.

무정살수들의 합공은 열 명 단위로 이루어진다. 최초의 공격자 열 명의 바깥쪽에서는 두 번째 공격자 열 명이 대기하고 있다가 최초의 공격자가 실패하자마자 두 번째 공격을 개시한 것이다.

사실 또 다른 무정살수 열 명은 쭈그린 채 앉아서 어깨에 두 번째 공격자 열 명을 얹고 있었다.

지면에 잔뜩 밀착하여 쭈그리고 있다가 펄쩍 솟구치는 순간 어깨를 딛고 서 있던 두 번째 공격자들은 어깨를 박차고 도약하면서 적유랑을 공격했다. 그래서 그들이 단번에 십여 장 이상 도약할 수 있었던 것이다.

물론 쭈그리고 있던 열 명은 공격에 가담하지 않는다. 그들은 두 번째 공격자들이 실패할 경우 세 번째 혹은 네 번째 공격자가 될 터이다.

적유랑은 살수들을 상대로 싸워본 적이 한 번도 없었다. 그러므로 무정살수들의 공격 수법에 대해서는 아는 바가 전혀 없다.

그는 자신이 지상 십여 장 높이로 솟구치면 아무도 공격하지 못할 것이라 여겼는데 두 번째 공격수들이 자신과 같은 높이로 솟구치면서 공격하자 약간 당황했다. 더구나 그들이 어떤 방법으로 그리 높게 도약했는지 이유를 모르니까 더욱 곤혹스러웠다.

'이러다간 둘 다 죽겠다.'

그는 어쩔 수 없이 도를 뽑아야겠다고 생각했다. 수라마룡이라는 쟁쟁한 위명은 도법으로 얻어진 것이지 맨손일 때의 그는 수라마룡도 뭣도 아닌 존재다.

두 팔로 안고 있던 도무탄을 왼팔로 안으면서 오른팔은 번개같이 어깨로 향했다.

번쩍—

아무것도 아닌 존재였던 적유랑은 도를 뽑음으로써 수라마룡이 되었다.

눈부신 혈광이 작열하는 순간 쇄도하던 열 명의 무정살수 중에 세 명이 뚝 동작을 멈추었다.

세 명은 정수리와 미간, 목이 반 뼘쯤 갈라졌으며 그것으로 즉사했다.

평소 싸움에서 적유랑은 상대의 정수리나 목을 완전히 뎅겅 절단하는 것을 즐겨한다.

절단(切斷)이라는 독특한 행위가 그에게 전해주는 의미가 크기 때문이다.

하지만 그것은 어디까지나 여유가 있을 경우의 일이다. 지금은 가장 빠른 순간에 가장 간명한 수법으로 되도록 많은 적을 즉사시켜야 하므로 정확하게 급소만을 노려서 베는 수법을 취했다.

파앗—

적유랑이 두 번째 도를 휘두르자 혈광이 번쩍이면서 이번에는 네 명이 즉사했다.

첫 번째 발도 때보다 안정을 찾았으므로 한 명을 더 죽일 수 있었다.

그를 공격하고 있는 무정살수는 열 명이기 때문에 그가 첫 번째 공격으로 세 명을 죽일 때 나머지 일곱 명에게 당할 수도 있지 않은가, 라는 의문이 생기는데, 그것은 꼭 그렇지만은 않다.

열 명의 무정살수가 같은 순간에 일제히 합공을 해온다고 해도 신이 아닌 이상 열 자루 검이 똑같은 순간에 적유랑의 몸에 닿는 것은 아니다.

어떤 검은 빠르고 어떤 검은 느리다. 그러므로 그의 매처럼 빠르고 정확한 눈은 가장 빠른 공격을 하는 자들부터 차례로 죽이는 것이다.

더구나 첫 번째 두 번째 공격을 하는 동안 탄력이 붙은 그의 도법은 가히 신들린 수준이다.

처음 구르기 시작하는 마차 바퀴와 한창 속도가 붙은 마차 바퀴의 속도가 다른 점이다.

키앗—

나머지 세 명의 급소를 향해서 도저히 육안으로는 발견할 수 없을 정도의 빠르기로 도가 급격하게 휘고 꺾이면서 곡선을 그렸다.

도가 세 명의 정수리와 목을 가장 효율적으로 베고 있을 때 그는 머리 위쪽에서 빠르게 하강하면서 쇄도하고 있는 무엇인가를 감지했다.

"……!"

지금처럼 치열하게 적들하고 싸우고 있는 상황이 아니더라도 뭔가가 이런 식으로 쇄도한다는 것은 무조건 급습이라고 봐야 한다.

적유랑은 머리를 들어서 위를 확인할 겨를도 없다고 판단했다. 머리를 드는 순간 온몸이 난도질당할 것이라는 예감이 들었다.

그리고 한 가지 분명한 사실은 머리 위에서 쇄도하고 있는 기운이 유달리 막강한 것으로 미루어 여타 무정살수는 아니다. 짐작컨대 무정혈룡의 최측근, 즉 무정칠살이 분명할 것이라고 예상했다.

그의 도는 이미 마지막 세 명째의 목을 자르고 있는 중이며, 지금 도를 거두어서 반격을 하는 것은 너무 늦다.

도무탄을 버리고 몸을 뒤집어 위를 향하면서 반격하는 방법 따윈 생각하지도 않았다.

많을 때는 하루에 삼십 차례 이상 싸워본 적이 있었을 만큼 싸움이라면 이골이 난 그다.

그 정도로 싸우려면 하루 종일 식사를 할 시간도 없이 도를 휘두르면서 생사를 넘나들어야 한다.

그의 온몸에는 수백 개의 크고 작은 상처가 빼곡하게 새겨져 있다.

그것들이 하나씩 새겨질 때마다 수백 번의 생사혈전을 벌였다고 해도 과언이 아니다.

그처럼 싸움 경험이 풍부한 적유랑이므로 이런 상황에서는 머리가 아니라 몸이 저절로 먼저 반응을 한다.

죽어도 도무탄을 보호해야 한다는 각오 하나만 가슴에 품고 있으면 몸이 다 알아서 할 것이다.

후욱—

그는 다급히 천근추의 수법으로 쏜살같이 아래로 쑥 하강하면서 도무탄을 안은 왼쪽을 아래로 향하게 하고 오른팔을 위로 향하며 도강으로 방패를 형성했다.

콰차차창!

머리 위에서 여러 자루 검이 도강의 막(幕)에 퉁겨지는 음향이 어지럽게 나는 가운데 그는 오른쪽 어깨와 옆구리가 뜨끔한 것을 느꼈다.

도강막이 파훼되는 순간 두 자루 검이 도강막을 뚫고 들어와 찌른 것이다.

第百九章

생사지로(生死之路)

머리 위에서 공격한 자들의 의도는 적유랑을 죽이려는 것
보다는 그의 도주를 차단하는 동시에 지상으로 내려서게 하
려는 것이 분명하다.

수라마룡을 죽이는 일이 겨우 몇 명의 두세 번 공격으로 가
능할 것이라고 생각하는 사람은 이들 중에 한 명도 없을 것이
다.

쐐아아—

쐐애액!

적유랑이 조금 불안전한 자세로 자갈밭에 한쪽 발을 딛자

마자 기다렸다는 듯이 사방에서 소나기 같은, 그러면서도 정확하고 날카로운 공격이 퍼부어졌다.

적유랑의 머리 위에서 공격을 가한 무정칠살 중에 다섯 명이 공격하기 전에 미리 작전을 지시했으므로 전체 무정살수는 자신이 맡은 위치와 방위에서 대기하고 있다가 맹공을 퍼붓기 시작했다.

적유랑은 자세를 바로잡기도 전에 사방에서 퍼부어지는 맹공에 적잖이 당황했다.

지금까지 그는 일대일 대결에 익숙했기 때문에 다수를 상대로 하는 싸움은 생소하다.

그에게 땅속으로 파고드는 재주가 없는 한 완벽하게 포위된 상황이다.

머리 위에서는 무정오살을 비롯한 이십여 명의 무정살수가 내려꽂히고, 그와 동시에 지상의 사방에서 겹겹이 포위한 무정살수들이 바늘구멍조차 보이지 않을 정도의 치밀한 공격을 가해왔다.

무정혈살대가 무림 최고의 살수 조직이라는 명성을 얻은 데에는 그럴 만한 이유가 있다.

그들은 백여 명 가까운 인원이 한꺼번에 합공을 하면서도 일사불란할뿐더러 단 한 명도 어중이떠중이, 즉 중요한 역할을 맡지 않은 사람이 없다.

그들 중에 어느 검에 찔려도 적유랑은 죽거나 중상을 입고 말 것이다.

'이놈들…….'

머릿속과 가슴속에 분노로 가득 찬 적유랑의 두 눈이 불타는 듯 이글거렸다.

콰차차차창!

기우뚱한 자세에서 한꺼번에 수십 자루의 검을 쳐낸 그는 왼쪽 무릎을 꿇고 말았다.

쿵!

"아…….."

그러나 그게 문제가 아니다. 거센 충격으로 인해서 한쪽 무릎을 꿇는 바람에 도무탄을 놓쳐서 자갈밭에 떨어뜨리고 말았다.

그렇지만 무정살수들의 공격이 계속되고 있는 중이라서 도무탄을 다시 안아 올리기는커녕 걱정스럽게 쳐다보는 것조차도 용납되지 않는 상황이다.

쐐쐐애액!

한 사람에게 공격을 가할 수 있는 최대한 검의 수가 다섯 자루라고 보는 것이 무림의 상식이다.

그런데 지금 여덟 자루의 검이 적유랑의 전신 급소를 향해 바늘처럼 정확하게, 그러나 불에 달군 인두처럼 잔인하게 쏟

생사지로(生死之路) 123

아져 오고 있다. 무정혈살대에겐 무림의 상식 따윈 통하지 않는다는 뜻이다.

후웃—

적유랑은 다급한 나머지 반격을 하지 못하고 공력을 뿜어내 호신막을 만들어냈다.

자신의 안위보다는 쓰러져 있는 도무탄을 보호하려는 반사적인 행동이다.

차차차창!

공격해 오던 여덟 자루 검이 한꺼번에 퉁겨졌다.

"무탄."

적유랑은 재빨리 도무탄을 안으려고 왼손을 뻗었다.

치칭—

그때 머리 위쪽에서 이상한 음향이 들렸으나 무시했다. 그보다는 도무탄을 안는 것이 더 중요했다.

쉬잉!

허공에서 내려꽂히는 무정오살은 자신들의 검 다섯 자루를 하나로 합쳐서 공력을 집중하여 적유랑의 호신막을 있는 힘껏 내려쳤다.

쩌겅!

"우왓!"

"크흑!"

그것으로 호신막이 그대로 파훼됐으며 그와 동시에 무정오살은 강력한 반탄력으로 가볍지 않은 내상을 입고 코와 입에서 피를 쏟으며 퉁겨 날아갔다.

그리고 적유랑 역시 그 충격으로 내상을 입으면서 가슴이 먹먹해졌다.

그러나 그는 정신이 번쩍 들었다. 호신막이 파훼됐다는 것은 곧 그와 도무탄에게 수십 자루 검이 소나기처럼 쏟아질 것이라는 예고다.

탓—

그는 왼팔로 도무탄의 몸뚱이를 부여안는 즉시 몸을 최대한 낮춘 자세로 맹렬하게 도를 휘두르며 한쪽 방향으로 치고 나갔다.

파파아아—

"흐악!"

"크앗!"

그쪽 방향에 있던 무정살수 대여섯 명의 무릎과 허벅지, 허리가 무처럼 마구 잘라지는 가운데 그는 간신히 포위망을 뚫을 수 있었다.

하지만 그것은 여러 개의 포위망 중에 하나였을 뿐이다. 하나의 포위망을 뚫으니까 이번에는 또 다른 형태의 공격으로 잘 무장된 포위망이 그를 기다리고 있었다.

달라진 것이 두 가지 있다면, 조금 전처럼 절박한 상황은 아니라는 점과 떨어뜨렸던 도무탄을 다시 품에 안고 있다는 사실이다.

이번에 공격해 오고 있는 두 개 조 이십 명의 무정살수의 공격은 지금까지와는 달랐다.

쉐애앵!

열 명은 쌍검을 그리고 다른 열 명은 장창(長槍)을 사용하는데, 열 명이 양손으로 휘두르는 쌍검은 마치 맹렬하게 굴러가는 마차 바퀴처럼 회전하면서 적유랑의 주위를 빙빙 맴돌며 빠른 속도로 포위망을 좁혀왔다.

그리고 바깥쪽에서 다른 열 명이 번개같이 장창을 찔러댔다.

슈슈슉!

마차 바퀴처럼 회전하는 열 명의 이십 자루 검은 적유랑의 온몸을 켜켜이 저밀 듯하고, 그처럼 맹렬하게 회전하는 쌍검들 사이로 기가 막힌 솜씨로 찔러드는 장창은 적유랑의 급소를 정확하게 노렸다.

무림에서 살수가 창을 사용하는 경우는 전무한 일이다. 하지만 무정혈살대의 창술은 이미 널리 알려져 있을 정도로 유명해서 이상한 일도 아니다.

그들은 긴 장창을 지니고 다니는 것이 아니라 한 자 남짓의 짧은 단봉(短棒)을 품속에 넣고 다니다가 유사시에 그것을 잡아 뽑으면 순식간에 아홉 자 길이의 장창으로 탈바꿈하는 것이다.

얼마나 치열한 합공인지 검막(劍幕)에 가려서 적유랑의 모습은 보이지도 않았다.

그리고 누군가 그 광경을 봤다면 당장에라도 그가 처절하게 난도질당하여 피를 뿌리며 쓰러질 것 같은 착각을 일으킬 터이다.

적유랑은 조금 전 검에 찔린 오른쪽 어깨와 옆구리에서 계속 피가 흐르고, 호신막이 파훼될 때 입은 내상으로 입에서 피를 흘리고 있으나 그 정도로는 끄떡도 없다.

그는 전 공력을 끌어 올려 오른팔에 주입하여 도를 왼쪽에서 오른쪽 수평으로 그으며 도강을 뿜어냈다.

짜우—

그 순간 수수밭 한 귀퉁이가 잘려 나가듯 쌍검을 풍차처럼 휘두르고 장창을 찔러대던 일곱 명의 허리가 뎅경 잘라져서 상체와 하체가 분리되어 허공에 날렸다. 그들의 검과 창도 여지없이 잘려서 허공으로 날아갔다.

슈웃—

그리고 그 사이로 적유랑이 바람처럼 스쳐 지나갔다. 이어서 그는 단숨에 절벽 근처까지 도달했다.

촤앙! 쏴아악!

그런데 그 순간 그의 머리 위에서 쇠붙이끼리 부딪치는 소리와 무성한 갈대밭에 거센 바람이 몰아치는 듯한 소리가 동시에 터졌다.

절벽을 향해 달리면서 힐끗 올려다보던 그의 표정이 급변했다. 밤하늘을 온통 덮은 커다란 그물이 활짝 펼쳐진 채 떨어지고 있었다.

그물이라니, 싸움에 그런 것을 사용할 것이라는 생각은 추호도 해본 적이 없다.

'그물 따위로!'

팟―

그는 가소로운 미소를 지으면서 오히려 그물을 향해 몸을 솟구쳤다.

절벽에 거의 이르렀으므로 그물을 뚫고 절벽 위에 올라설 생각이다.

그는 너비가 족히 이십여 장에 이를 정도로 커다란 그물 한복판을 대수롭지 않게 도로 갈랐다.

철컹!

그런데 그물이 갈라지지 않고 불꽃이 확 튀었다. 굵은 쇠사슬로 엮어진 쇠그물이었던 것이다.

처음부터 쇠그물인 줄 알았으면 아예 그에 적절한 공력을 주입하여 도를 휘둘렀을 테고, 그러면 쇠그물쯤은 여지없이 갈라졌을 것이다. 애당초 쇠그물인 줄 짐작조차 못했던 것이 실수다.

적유랑은 쇠그물을 뒤집어쓰고 아래로 다시 하강하다가 도를 휘둘러서야 쇠그물을 가르고 빠져나왔다.

하지만 그 바람에 그는 단숨에 절벽 꼭대기로 오를 수 있는 기회를 상실하고 말았다.

그리고 그가 절벽 아래에서 지체하고 있는 동안 무정살수 백여 명이 벌 떼처럼 몰려들었다.

"으… 이놈들……."

적유랑은 거듭되는 실패로 인해서 몸이 덜덜 떨릴 정도로 분노하여 도를 힘껏 움켜잡았다.

'빌어먹을…….'

적유랑은 속으로 욕설을 내뱉었다.

반 시진쯤 전에 그는 바위 꼭대기를 박차고 날아가려다가 발을 헛디뎌서 추락하고 말았다.

바위 아래는 가파른 비탈이었으며 눈이 쌓여 있어서 그곳으로 추락한 그는 빠른 속도로 미끄러져 내려 결국은 골짜기 깊은 곳에 처박히고 말았다.

평소 같으면 바위를 잘못 디뎌서 추락하지도 않았을 테고,

추락을 했더라도 땅에 닿기 전에 다시 허공으로 솟구쳤을 것이다.

그러나 강변에서 무정혈살대와의 치열한 싸움에서 중상을 입은 상태인데다, 이후에는 도무탄을 안은 채 두 시진 넘도록 도주를 하고 있는 중이라서 극도로 지쳐 있었던 터라 그런 볼썽사나운 꼬락서니가 되고 만 것이다.

그가 강변에서 무정혈살대와 싸울 때부터 내리기 시작하던 눈은 그 이후 폭설로 변해 잠깐 사이에 온 산을 수북한 눈으로 뒤덮어놓았다.

처음에 그가 골짜기에 처박혔을 때에는 바닥에 낙엽이 수북했었는데 그때 이후 계속 눈이 내려서 그와 도무탄의 모습을 완전히 감춰 버렸다.

사실 그는 골짜기 바닥으로 굴러떨어지는 과정에 이미 혼절을 했었다.

강변에서 쇠그물을 자른 직후에 벌어진 두 시진 동안의 지루하고도 치열한 싸움으로 인해서 그는 만신창이 상태가 되었다.

무정살수 삼십여 명을 죽인 이후에는 공력이 크게 저하되는 것을 느끼고 사력을 다해서 그곳을 탈출하여 도주를 하면서 많은 피를 흘렸으며 극도로 탈진했다.

그래서 발을 헛 딛는 말도 안 되는 멍청한 실수를 저질렀으

며, 그때 이후 줄곧 혼절의 깊은 늪에 빠져 있다가 지금에야
겨우 정신을 차렸다.

　그는 정신만 겨우 차렸다 뿐이지 아직 눈도 뜨지 못했으며
몸을 움직여 보지도 않았기 때문에 자신이 어떤 상황에 처해
있는지 구체적으로 알지 못했다.

　'무탄은……'

　처음에는 자신이 지금 처해 있는 상황 때문에 욕밖에 생각
나지 않았으나 그다음에는 즉각적으로 도무탄에 대한 염려가
엄습했다.

　'어찌 된 거야… 무탄은 어딜 간 거지?'

　그제야 비로소 그는 눈을 뜨고 몸을 움직여 보려고 기를 썼
으나 어쩐 일인지 요지부동이다. 눈도 떠지지 않을뿐더러 손
가락 하나도 까딱할 수가 없다.

　'우라질……'

　또 욕이다. 입 밖으로 토해낼 기력조차 없어서 그저 속으로
뇌까렸다.

　지독하게 답답했다. 도대체 여기가 어디고 자신이 어떤 상
황에 처해 있으며 그리고 도무탄은 어디에 있는지 알 수 있는
게 아무것도 없으니까 답답해서 머리가 돌아버릴 것만 같았
다.

　'으음… 침착… 침착하자……'

그는 속이 뒤집히고 울화가 치밀어 기혈이 뒤틀리는 것을 느끼고는 급히 스스로를 다독거렸다.

이런 지독한 상황에서도 이래서는 아무 도움도 되지 않는다는 사실을 본능적으로 깨달았다.

자신의 처지만 생각했다면 이처럼 격동하지 않았을 터이다. 하지만 도무탄의 안위를 염려하다 보니까 자신도 모르게 이성을 잃을 뻔했다.

어째서 자신의 안위보다 도무탄을 더 염려하게 되었는지는 그 자신도 모른다.

그렇지만 입장이 바뀌었다고 해도 도무탄도 이렇게 했을 것이라는 생각이 들었다. 단지 그것뿐이다. 우정은 이해득실을 따지는 것이 아니다.

일단 그는 운공조식을 해보기로 했다. 현재 공력을 어느 정도 끌어 올릴 수 있는지를 확인한 후에 다음에 어떻게 할 것인지를 결정해도 늦지 않을 것이다.

'맙소사……'

그러나 그는 오래지 않아서 크게 실망, 아니, 절망하고 말았다. 공력이 전혀 모아지지 않아서 운공조식 자체를 시도할 수가 없다.

공력이 한 움큼이라도 모아져야 그것을 불씨로 해서 뭐라도 해볼 수가 있다.

그런데 지금 그의 상태는 찌는 듯한 한여름에 몇 달 동안이나 비가 한 방울도 내리지 않아서 쩍쩍 갈라진 논바닥이나 다름이 없다.

애당초 그에게 공력이라는 것이 존재한 적이 없었던 것처럼 아득하기만 했다.

자신이 어떤 상황에 처해 있는지도 모르고 눈도 못 뜨는데다 손가락 하나 까딱할 수 없는 신세라니, 이건 영락없이 죽은 시체다.

'이런… 설마 내가 죽은 건가?'

결국은 생각이 거기까지 미쳤다. 지금 그가 처해 있는 상황이 딱 죽은 상태다.

지금은 정신만 말짱하다. 정신이라는 것이 죽어서도 말짱한 것인지 어떤지 알 수가 없지만 그것 하나만 제외하면 그는 죽은 것이 분명하다.

거기에 생각이 미치자 그는 자신이 비단 눈을 뜨지도 움직이지도 못할 뿐만 아니라 아무것도 느끼지 못한다는 사실을 비로소 깨달았다.

'육신이 죽으면 영혼만 남는 것인가…….'

그런 생각을 하게 되니까 그는 자포자기의 상태에 빠져들었다. 아무리 생각을 해봐도 그는 자신이 이미 죽어서 영혼만 남아 있는 것이 분명한 것 같았다.

제아무리 천하육룡의 수라마룡이라고 해도 이런 상황에서는 그저 속수무책이다.

'큭큭… 천하일통을 이루겠다고 큰소리 떵떵 치던 내가 죽다니 꼴좋다…….'

통곡보다 더 짙은 스스로에 대한 조소가 스멀거렸다.

'주제에 무탄을 구하겠다고…….'

말이 아니라 단지 생각일 뿐인데도 그는 너무 원통해서 그마저도 잇지 못했다.

그가 이 지경이라면 갈가리 찢어진 상태였던 도무탄은 천 번 만 번도 더 죽었을 것이다.

'좋은 친구였는데 고맙다는 말도 못했다… 우라질…….'

그렇게 속으로 중얼거리던 그의 영혼마저 꺼져 버렸다.

*   *   *

한밤중의 깊은 골짜기는 너무도 춥고 을씨년스러워서 귀신마저도 찾아오지 않을 듯했다.

골짜기에는 눈이 몇 자나 두껍게 쌓였으며 새나 짐승의 발자국조차도 나지 않았다.

스우…….

그때 골짜기 한복판 수북한 눈을 뚫고 하나의 물체가 느릿하게 솟아났다.

그런데 놀랍게도 그것은 도무탄이다. 머리와 상체 여기저기에 눈을 묻힌 모습으로 우두커니 서서 천천히 주위를 둘러보았다.

그는 머리카락을 산발하고 입고 있는 옷이 벽력탄에 의해서 갈가리 찢어졌지만 얼굴이나 사지육신은 상처 하나 없이 멀쩡했다.

영험한 용천기가 그를 다시 한 번 부활시킨 것이다. 그는 이렇게 다시 살아났다.

'유랑은?'

적유랑이 자신의 목숨보다도 도무탄의 안위를 먼저 반사적으로 떠올리는 것처럼 그 역시 적유랑부터 떠올렸다. 우정은 인지상정인가 보다.

그는 주위를 둘러보면서 적유랑을 찾아보았으나 보이는 것은 한밤중에도 하얗게 반짝이는 눈뿐이고 적유랑은 어디에도 보이지 않았다.

그는 적유랑이 자신을 버렸거나 이곳에 놔두고 어딘가에 갔을 것이라는 생각은 추호도 하지 않았다. 서로의 입장이 바뀌었다고 해도 그는 적유랑을 이런 곳에 혼자 놔두지는 않았을 것이다.

그렇다면 필경 적유랑은 이곳 어딘가에 있을 것이다. 도무

탄이 눈 속에서 일어났다면 적유랑도 눈 속에 파묻혀 있을 가
능성이 크다.

그래서 그는 몸을 숙이고 자신이 있는 곳을 중심으로 눈 속
을 더듬기 시작했다.

'찾았다.'

오래지 않아서 그에게서 다섯 걸음쯤 떨어진 곳에 눈 속에
깊이 파묻혀 옆으로 누운 자세로 혼절해 있는 적유랑을 찾아
내 서둘러 눈 속에서 꺼냈다.

'유랑……'

도무탄은 온몸이 만신창이로 변한 적유랑을 보면서 울컥
목이 메었다.

도무탄은 동굴 속에서 가짜 무정혈룡을 죽이고 벽력탄이
폭발하는 순간 정신을 잃었으므로 그 이후에 벌어진 일에 대
해서는 전혀 기억이 없다.

그렇지만 지금 적유랑의 몰골과 이곳에서 그가 정신을 차
린 것으로 미루어 그동안 무슨 일이 벌어졌었는지 대충 짐작
하는 것은 어려운 일이 아니다.

도무탄과 적유랑은 무정혈살대가 파놓은 함정에 빠진 것
이 분명했다.

그래서 적유랑은 벽력탄에 중상을 입은 도무탄을 안고 필
사의 싸움과 탈출을 거듭하면서 결국 여기까지 이르러 기진

맥진했을 것이다.

　도무탄은 수북한 눈을 치우고 적유랑을 반듯하게 눕히고
는 그의 상태를 살펴보았다.

　적유랑은 온몸에 수십 군데 찔리고 베인 상처를 입었으나
도무탄이 살피는 것은 그의 심장이 아직 뛰고 있는지 맥이 박
동하고 있는지다.

　도무탄이 제아무리 용천기의 능력을 지녔다고 해도 이미
죽은 사람을 살릴 수는 없다.

　그는 기도하듯 간절한 심정으로 적유랑을 살피다가 이윽
고 안도의 표정을 지었다.

　심장박동은 멈춰서 느껴지지 않지만 맥이 흐릿하게나마
뛰는 것이 감지되었기 때문이다.

　'살릴 수 있다.'

　그때부터 그는 적유랑의 가슴 한복판에 쌍장을 밀착시키
고 용천기를 주입하기 시작했다.

　설혹 자신의 용천기를 마지막 한 움큼까지 모조리 주입하
더라도 기필코 적유랑을 살리고 말겠다는 각오다.

　적유랑은 다시 정신이 들었다.

　그는 자신이 아까 정신을 차렸다가 혼절했었다는 사실을
모르고 있다.

그저 그때 정신을 차린 이후부터 지금까지 지속되고 있는
것이라 여겼다. 그래서 아까 하다가 멈췄던 생각을 연장해서
생각했다.

　　'무탄이 죽었다면… 그의 영혼이라도 만나서 꼭 고맙다는
말을 전했으면 좋겠다.'

　　이제 그는 자신이 살아 있을 것이라는 일말의 희망마저도
다 버린 상태다.

　　'어떻게 해야 무탄의 영혼을 만날 수 있는가…….'

　　이곳이 저승이거나 아니면 구천이라면 영혼은 어떤 식으
로 이동을 하는 것이며 다른 영혼을 만나려면 어떻게 해야 하
는지를 고민했다.

　　'영혼을 눈으로 봐서 찾아내는 것인가? 아니면…….'

　　그는 눈으로 본다는 생각을 하면서 부지중에 눈을 떴다.

　　"……."

　　두 눈을 떴으면서도 자신이 눈을 떴다는 생각을 하지 못하
고 그저 영혼이 구천의 무언가를 보거나 느끼고 있다는 생각
을 했다.

　　지금 그의 시야에 가득 들어온 것은 온통 캄캄한 바탕에 수
없이 반짝이는 작은 물체들이다.

　　그것은 마치 드넓은 검은 바탕에 은모래를 뿌려놓은 것 같
은 광경이다.

그러면서 그는 그것이 마치 생전에 자주 보았던 밤하늘을 닮았다는 생각이 떠올랐다.

그러다가 눈을 껌뻑거리던 그는 움찔 놀랐다. 자신이 눈을 껌뻑거리고 있다는 사실을 깨달은 것이다. 검은 바탕의 은모래가 보였다가 보이지 않기를 반복했다. 즉, 눈을 뜨면 보이고 눈을 감으면 보이지 않는 것이다.

확!

"어엇?"

놀라서 부지중에 벌떡 상체를 일으켜 앉은 그는 자신의 몸이 움직인다는 사실에 더욱 놀라고 말았다.

그리고는 일어나 앉은 자신의 앞 두어 자 거리에 도무탄이 가부좌의 자세로 단정하게 앉아 있는 모습을 발견하고 소스라치게 놀랐다.

"무탄!"

그는 너무도 큰 반가움에 목이 메어 부르짖었다.

그때 마침 도무탄은 운공조식을 끝내고 눈을 뜨고는 적유랑을 보며 빙그레 미소를 지었다.

"유랑."

"이… 이게 도대체……"

도무탄의 미소가 조금 더 짙어졌다.

"살아서 다시 만나니 반갑구나."

"우리… 살아 있는 건가?"

"물론이지. 네가 나를 살렸다."

적유랑은 고개를 세차게 가로저었다.

"아니다. 네가 나를 살렸구나."

도무탄은 빙그레 미소 지었다.

"어쨌든 우린 서로를 살리고 살렸다."

어느새 적유랑은 굵은 눈물을 흘리고 있었다. 그는 몸을 날려서 도무탄을 와락 끌어안으며 울부짖었다.

"으헝! 무탄! 고맙다!"

그는 자신이 죽어서 영혼만 남았다고 믿었을 때 살아생전에 도무탄에게 고맙다는 말을 하지 않았던 것을 가장 안타깝게 생각했었다.

그래서 그는 자신이 살아 있다는 사실을 확인한 순간 제일 먼저 도무탄에게 고맙다는 말을 한 것이다.

적유랑이 몸을 날려 덮치는 바람에 두 사람은 한 덩이가 되어 눈 속에 파묻혔다.

그렇지만 도무탄도 적유랑도 그런 것은 조금도 개의치 않고 서로를 얼싸안고 웃음을 터뜨렸다.

"하하하! 유랑! 이러니까 네가 내 마누라 같구나!"

"마누라도 좋고 형제라도 좋다! 이렇게 널 안고 있으니까 정말 살맛 난다! 무탄아!"

두 사람은 깊은 밤 깊은 골짜기에서 큰소리로 떠들어댔다. 그 소리를 듣고 무정살수들이 몰려올지도 모른다는 생각 따윈 하지도 않았다.

그들이 몰려오는 게 뭐 대수겠는가. 두 사람이 이렇게 건재하니 모조리 때려죽이면 될 일이다.

第百十章

땅끝까지

등룡기

도무탄과 적유랑은 무정혈룡 추격을 재개했다.

천주산 깊은 골짜기에서 구사일생 부활한 두 사람은 그 길로 무정혈살대를 찾아다녔으나 뜻을 이루지 못했다.

두 사람이 우여곡절 끝에 깨어난 골짜기를 중심으로 사방 삼십여 리 이내를 샅샅이 뒤졌으나 무정살수를 한 명도 발견할 수가 없었다.

결국 두 사람은 무정혈살대가 철수했을 것이라는 판단하에 그들을 계속 추격하기로 마음먹었다.

천주산을 내려온 두 사람은 무정혈룡이 자신의 집으로 돌아갔을 것이라 보고 소호 북쪽 호변에 위치한 무정혈룡의 장원 낙일장으로 향했다.

소호를 오십여 리 남겨둔 곳에 서성현(舒城縣)이 있는데 두 사람은 개방 서성분타에 들렀다.

영능을 죽이러 간 소연풍과 주천강의 소식도 궁금하고, 각자의 문파로 돌아간 아미파와 청성파 등 오대문파가 잘 가고 있는지도 궁금했다.

그런데 개방 서성분타주는 도무탄과 적유랑으로서는 전혀 예상하지 못했던 소식을 전해주었다.

아미파와 청성파, 점창파, 곤륜파, 공동파 오대문파는 산에서 내려와 각자의 문파로 향하고 있는 중이라고 했다.

또한 불련척멸대가 제압했다가 해산시킨 무당파와 화산파, 종남파도 자파로 돌아가고 있다는 것이다.

도무탄은 오대문파의 장문인들과 상의를 한 결과 우선 그들이 자파로 돌아가서 자파를 재정비하는 한편 영능과 소림사가 어떻게 되는지 사태의 추이를 지켜보고 나서 어떻게 할 것인지를 결정하기로 했었다.

만약 영능이 죽는다면 절세불련도 자연히 와해되는 것이므로 오대문파는 당분간 봉문(封門)하여 자숙하는 기간을 가질 터이다.

그러나 영능이 죽지 않았다면 오대문파는 즉각 자파의 전제자들을 이끌고 북경의 동무림으로 가서 합류하기로 의견을 모았다.

오대문파가 자파에 계속 남아 있다가는 영능이나 소림사의 핍박을 당할 수도 있고, 오대문파가 각각 흩어져 있으면 힘을 발휘하지 못할 테니 차제에 동무림에 합류하여 절세불련을 상대하기로 한 것이다.

개방 서성분타주는 소연풍과 주천강이 산에서 영능을 찾아내지 못하고 그의 흔적을 추적하여 북쪽으로 향하고 있는 중이라는 소식을 전해주었다.

도무탄과 적유랑은 자신들만 무정혈룡을 죽이는 일에 애를 먹고 있을 뿐이지, 소연풍과 주천강은 수월하게 영능을 죽이거나 제압했을 것이라고 예상했었다. 그런데 그들 역시 고전하고 있는 중이다.

애초에 도무탄을 비롯한 사룡은 영능과 무정혈룡이 오십여 리 밖으로 벗어나는 것은 불가능하다고 입을 모았었다. 그 당시의 상황이 그랬었다.

하지만 결과적으로 영능과 무정혈룡은 둘 다 최초에 싸웠던 곳에서 믿어지지 않을 만큼 멀리 도망쳤으며, 도무탄과 적유랑을 죽음 직전까지 몰아넣었었다.

그리고 서성분타주는 소연풍과 주천강이 도무탄과 적유랑

에게 보내는 전갈을 알려주었다.

─우린 끝까지 영능을 추격하여 죽일 것이다. 무탄, 유랑. 너희들
도 무정혈룡을 죽이기 바란다.

소연풍과 주천강은 영능을 추격하여 북쪽으로 향하면서
개방분타에게 그런 전갈을 알려달라고 부탁했던 것이다.

개방은 온 천하에 퍼져 있어서 도무탄을 비롯한 사룡, 불련
척멸대, 동무림의 눈과 귀, 입이 되어주고 있다.

소연풍과 주천강의 말이 맞다. 영능과 무정혈룡을 죽이지
않고는 무림의 평화를 되찾을 수가 없다.

무슨 일이 있어도 그 둘을 죽여야지만 사룡은 일상으로 돌
아갈 수 있는 것이다.

"한 가지 소식이 더 있습니다."

서성분타주는 공손히 허리를 굽혔다. 그는 당금 무림 최고
의 영웅인 등룡신권 도무탄을 그리고 마도제일인 수라마룡을
직접 눈앞에서 보게 될 줄은 꿈에도 몰랐다는 듯 연신 굽죄면
서 어쩔 줄을 몰랐다.

"말해보시오."

"천부인(天婦人)께서 출산을 하셨다고 합니다."

도무탄은 의아한 표정을 지었다.

"천부인이 누구요?"

"도 대협의 세 번째 부인을 말씀하는 겁니다."

"옥군이 천부인이오?"

"그렇습니다."

도무탄도 모르는 사이에 고옥군이 천부인으로 불리고 있다는 것이다.

"무림에서는 꽤 오래전부터 천상옥화 첫째부인을 옥부인(玉婦人)으로, 독고은한 둘째부인은 화부인(花婦人), 셋째부인 고옥군을 천부인이라고 부르고 있습니다."

"허허… 거참."

도무탄은 헛웃음을 웃다가 조금 전 서성분타주의 말을 기억해내고 급히 물었다.

"그래, 옥군이 무얼 낳았다고 하오?"

"쌍둥이를 낳으셨답니다."

"쌍… 둥이?"

"아드님과 따님이랍니다."

"하아… 아들과 딸을……."

도무탄은 북경에 와 있는 고옥군이 아들과 딸 쌍둥이를 낳았다는 말에 감개무량한 표정을 지으면서 먼 북쪽 하늘을 망연히 바라보았다.

고옥군이 출산을 하느라 고생을 했을 텐데도 곁에서 지켜

주지 못해서 미안한 마음이 절로 들었다.

"무탄, 축하하네."

"고맙네."

적유랑의 축하 인사를 들으면서 도무탄은 문득 고옥군과 독고지연, 독고은한 세 명의 부인이 그리워졌다. 그녀들을 떠난 지 얼마나 되었는지 너무도 까마득하여 기억도 제대로 나지 않는다.

서성현의 번화가 주루에서 식사를 하면서 다음 일정에 대해서 의논을 하고 있던 도무탄과 적유랑은 언제부턴가 주루의 분위기가 이상하다는 것을 느꼈다.

두 사람은 천주산에서 내려온 직후 가까운 마을에서 평범한 경장을 한 벌씩 구해 입어서 겉으로 보기에는 전혀 튀는 모습이 아니다.

그런데 두 사람은 주루의 창가 자리에 마주 앉아서 담소를 나누면서 식사를 하고 있다가 따가운 시선과 웅성거리는 소리를 듣고 실내를 둘러보았다.

실내에는 많은 사람으로 인산인해를 이루었다. 어느새 그렇게 많은 사람이 들어왔는지 모를 일이다. 그렇지만 도무탄과 적유랑이 앉아 있는 곳 주위는 탁자들이 텅 비었으며 사람들은 멀찍이 떨어진 곳에 앉거나 서서 도무탄과 적유랑을 주시하고 있었다.

사람들의 얼굴에는 놀라움과 존경, 흠모, 두려움 같은 표정이 복잡하게 떠올라 있었다.

그러다가 도무탄과 적유랑이 자신들 쪽을 쳐다보자 화들짝 놀라면서 급급히 외면을 하고 시선을 돌리느라 한바탕 소란이 벌어졌다.

도무탄과 적유랑은 무정혈룡을 추격하는 도중이라서 몹시 예민한 상태다.

결국 적유랑이 슬쩍 미간을 좁히며 느릿하게 일어나서 사람들을 향해 우뚝 섰다.

"뭐냐?"

"우왓!"

"어이쿠!"

우르르―

적유랑의 한마디에 사람들은 깜짝 놀라서 한꺼번에 물러나거나 도망치려고 하다가 뒤엉켜서 쓰러지고 짓밟히며 난리가 벌어졌다.

적유랑은 못마땅한 듯 눈살을 찌푸렸다. 그가 보기에 주루실내에 있는 사람들은 오합지졸 같아서 위험 요소가 될 것 같지는 않았다.

하지만 그들이 신기한 동물을 구경하는 것처럼 눈을 반짝

거리며 자신들을 쳐다보는 모습은 참을 수가 없다. 적유랑은
그런 시선에 전혀 익숙하지 않다.

"내 말이 끝날 때까지도 이곳에 남아 있는 놈은 더 이상 숨
쉬기가 귀찮은 것으로 간주하겠다."

우당탕! 쿵쾅!

"비켜라!"

"가로막으면 베겠다!"

적유랑이 중얼거리듯이 말하자 혼비백산한 사람들은 주루
에서 나가기 위해서 한꺼번에 주루 입구로 몰리면서 지랄발
광에 염병까지 하며 법석을 부렸다.

이들은 서성현에 천하육룡의 등룡신권과 수라마룡이 함께
출현했다는 소문을 듣고 그들을 구경하기 위해서 몰려든 것
이다.

더구나 주루 밖에는 이보다 더 많은 사람이 모여서 인산인
해를 이루고 있다.

적유랑의 말이 끝났는데도 불구하고 아직까지 실내에 남
아 있는 사람들은 수라마룡이 언제 공격을 퍼부을지 몰라서
공포에 질린 상태가 되었다.

그들은 거의 미치광이가 되어 악을 쓰며 주루 입구로 달리
거나 넘어져서 벅벅 기기도 하고 어떤 자는 벽에 대가리를 부
딪치면서 피투성이가 되기도 했다.

그렇지만 적유랑은 그 광경을 물끄러미 지켜보기만 할 뿐이지 자신이 말한 것처럼 그들을 죽이지는 않았다.

단지 귀찮아서 겁을 주려고 했던 것이지 실제 그들을 죽일 생각은 없었다.

그런데 잠시 후에 사람들이 거의 다 나간 후에도 남아 있는 세 사람이 있었다.

가운데 서 있는 자는 머리에 멋진 관을 쓰고 일신에는 값비싼 비단옷을 입었으며, 어깨에는 고색창연한 한 자루 검을 멘 후덕한 풍채의 중년인이다. 한눈에도 이 지역에서 제법 방귀깨나 뀌는 인물인 듯했다.

그리고 그의 좌우에는 심복이나 제자쯤으로 보이는 두 명의 청년이 시립하듯 서 있다.

적유랑은 말없이 무심한 얼굴로 중년인을 쳐다보았다.

중년인은 움찔 놀라면서 마치 보이지 않는 창에 심장을 깊숙이 찔린 듯한 몸짓과 표정을 지으며 진땀을 흘렸다.

만약 어금니를 힘껏 악물지 않았으면 부지중에 신음을 흘렸을지도 모른다.

호랑이 앞에 서 있는 사슴이나 토끼의 오그라드는 모습을 하고 있기는 중년인 좌우의 두 청년도 마찬가지다. 하지만 그들 중에 한 명이 결사적으로 용기를 내서 달달 떨리는 팔을 들어 중년인을 가리키며 그것보다 더 떨리는 목소리로 겨우 말문을 열었다.

"이… 분께선 단보웅(單保熊) 대협입니다. 단 대협께선 이곳 서성현 제일방파인……."

어쩌고저쩌고 하면서 중년인에 대한 화려한 이력을 장황하게 늘어놓았다.

도무탄은 그들 세 사람을 안쓰러운 시선으로 응시하면서 자신의 빈 잔에 술을 따랐다.

그가 보기에 적유랑의 얄팍한 인내심은 앞으로 세 호흡 정도가 남은 듯했다.

비록 묵묵히 서 있는 것 같지만 적유랑의 콧구멍이 평소보다 조금 커지면서 입초리가 미미하게 씰룩거리는 것을 보면 알 수 있다.

그러니까 만약 그 안에 서성현 최고의 실력자라고 자랑이 늘어진 단보웅 대협에 대한 화려한 설명이 끝나지 않으면 그들 세 사람은 경을 칠 게 분명하다.

"험! 천하육룡의 등룡신권과 수라마룡께서 동시에 본 현에 왕림하신 일은 무림사에 길이 남을 일이므로 단 대협께선 두 분 대협을 본 방에 초대하시어… 끄악!"

왼쪽 청년의 말을 이어받아서 하던 오른쪽 청년은 적유랑의 오른손이 천천히 어깨의 도로 향하는 것을 발견하고는 간덩이가 짓밟힌 듯한 비명을 질렀다.

슥—

도무탄은 손을 뻗어 적유랑의 팔을 잡아서 자리에 앉히며 고명하신 단 대협 일행을 쳐다보았다.

"단 대협, 성의는 고마우나 우린 바쁜 일이 있어서 사양해야겠소. 멀리 나가지 않을 테니 살펴가시오."

"아아… 네… 그러시다면……."

고명하신 단 대협 일행은 쓸데없는 일에 나섰다가 죽을 고비를 넘기고는 연신 굽실거리며 주루를 나갔다.

그는 등룡신권과 수라마룡이 서성현에 나타났다는 말을 듣고 자신이 나서서 그들을 초대하여 조금 친해지기라도 한다면 자신의 위세와 명성이 찬란해지지 않을까 해서 이런 말도 안 되는 일을 행했던 것이다.

하지만 그는 한 가지 사실만을 뼈저리게 느꼈을 뿐이다. 시골구석의 실력자와 천하육룡하고는 비교 자체가 불가능하다는 사실을 말이다.

쪼르르…….

"우리 행적이 백일하에 드러난 모양이로군."

"그럼 이제부터 행적을 감출까?"

도무탄이 빈 잔에 술을 따라주자 적유랑은 단숨에 마시고 나서 지나가는 말처럼 대꾸했다.

"뭐, 구태여 그럴 필요까지야 없지."

"어차피 무정혈룡은 우리가 쳐들어올 것이라고 예상하고 있을 거야."

"놈이 낙일장에 있을까?"

"없을 거야."

적유랑은 길게 생각할 것도 없다는 듯 고개를 가로저었다.

"그럼 낙일장에는 뭐 하러 가는 거야?"

"무탄 네가 가니까 나도 따라가는 거지."

도무탄은 잠시 생각에 잠긴 채 묵묵히 술만 마셨다. 그 역시 낙일장에는 무정혈룡이 없을 것이라고 생각했었다.

그러면서도 낙일장에 가려는 이유는 일단 그곳에 가서 무정혈룡이 있는지 없는지를 확인해야 다음 일을 진행할 수가 있기 때문이다.

그리고 거기에서부터 어떻게 해야 할 것인지 궁리한 뒤에 새롭게 시작을 해야 한다.

방법이 전혀 없는 것은 아니다. 그가 은혜를 베풀었던 명림이 새로 만난 남편 부원은 일급 무정살수였으며 무정혈살대에 대한 중요 정보를 많이 알고 있었다.

부원은 도무탄에게 무정살수들의 살수 수법에 대해서 몇 달에 걸쳐서 완벽하게 가르쳐 주었다.

뿐만 아니라 무정혈살대의 알려지지 않은 비밀스러운 사실에 대해서도 많은 것을 알려주었다.

그러므로 도무탄이 믿고 있는 것은 바로 그것이다. 부원이 알려주었던 것들을 하나씩 되짚어가면서 무정혈룡의 숨통을 조일 것이다.

우선 무정혈살대의 본대(本隊)의 위치를 알고 있으므로 낙일장에 갔다가 소득이 없으면 본대에 찾아간다. 본대에 무정혈룡이 있을 가능성은 반반이다.

없을 경우 부원이 가르쳐 준 무정혈살대의 은밀한 은신처들을 하나씩 뒤진다.

무정혈살대의 본대와 은신처들은 소호 주변에 밀집되어 있다고 했다.

그리고 최종적으로 마지막 한 군데가 남아 있다. 무정혈룡의 여자가 있는 곳. 그곳이 그의 최후의 보루일 것이다. 그곳에 그가 없다면 그때부터는 망망대해에서 바늘 하나를 찾는 것처럼 막막해질 것이다.

개방에게 무정혈살대의 흔적이나 행적을 알아봐 달라고 부탁을 해놨지만 별로 기대하지는 않는다. 상대는 무림 최강의 살수 조직이다. 개방에 노출될 정도로 호락호락한 자들이 아닌 것이다.

* * *

두 달이 지나 다음해 초봄이 될 때까지도 도무탄을 비롯한 사룡은 줄곧 헛물만 켜고 있었다.

도무탄은 부원에게 얻은 무정혈살대에 대한 모든 정보를 총망라해서 찾아 헤맸으나 끝내 무정혈룡이 있는 곳을 찾아내지 못했다.

마지막으로 무정혈룡의 여자가 있는 장소인 석천(祏泉)이라는 곳까지 찾아갔으나 아담한 호수 근처에 위치한 작은 장원은 텅 비어 있었다.

더구나 개방에게 들은 소연풍과 주천강에 대한 소식 역시 비관적이기는 마찬가지였다.

소연풍과 주천강은 어느 한순간 영능을 바싹 추격하기는 했으나 영능은 교활하게도 도마뱀처럼 꼬리를 잘라 버리고 도망쳐 버렸다고 한다.

영능의 꼬리란 그의 심복인 소림사불인데, 소연풍과 주천강은 소림사불을 죽이는 것으로 아예 영능의 흐릿했던 흔적마저도 놓쳐 버리고 말았다는 것이다.

*   *   *

도무탄과 적유랑은 안휘성의 성도인 합비에 나타났다.

두 사람은 산적인 양 구레나룻과 수염을 덥수룩하게 기른 낯선 모습이다.

지금까지는 거리낌 없이 모습을 드러내 놓고 다녔으나 그래서는 무정혈살대를 찾아내지 못할 것이라는 생각에 보름 전부터 수염을 기르고 최대한 행색에 변화를 주어 진면목을 크게 바꾸었다.

두 사람이 합비에 온 것은 그럴 만한 이유가 있어서다. 얼마 전에 두 사람은 무정혈룡의 여자가 살고 있다는 소호 동북방의 석천이라는 곳에 가서 허탕을 쳤을 때 작은 소득 하나를 얻었다.

석천에서 가까운 소호 동쪽 끝의 제법 큰 현인 소현(巢縣)에 갔다가 우연찮게 들른 개방 소현분타에서 분타주에게 저녁 식사 대접을 받던 중에 지나가는 말 같은 신빙성 없는 말을 들었던 것이다.

"무정혈룡의 여자 운영(暈英)에게 이따금 찾아오는 친구가 있었습니다. 본 방이 조사해 보니 묘향(妙香)이라는 친구인데 그녀는 합비에서 기루를 운영하고 있습니다."

개방 소현분타의 부탁을 받은 합비분타가 묘향이라는 여자에 대해서 면밀하게 조사를 해본 결과 몇 가지 사실을 알아냈다.

첫째, 묘향은 삼 년 전까지만 해도 일개 기녀였는데 삼 년 전 어느 날 갑자기 자신이 속해 있던 기루의 주인 겸 주루가 됐다고 한다.

둘째, 묘향에겐 오래전부터 같은 기녀인 진진(眞眞)이라는 절친한 단짝 친구가 있었는데 용모를 확인해 본 결과 운영이 진진이라는 사실로 드러났다. 즉, 무정혈룡의 여자인 운영은 원래 기녀였던 것이다.

셋째, 묘향이 운영하는 기루에는 특수한 부류가 가끔 이용을 하는데 조사해 보니 그들은 무정살수였다.

"살수처럼 보이냐?"

아래위 칠흑 같은 흑의 경장으로 갈아입은 도무탄이 일어나 제자리에서 한 바퀴 돌아 보이며 앉아 있는 적유랑에게 물었다.

"수염투성이 살수는 본 적이 없다."

적유랑은 도무탄의 모습이나 하는 짓이 꽤나 우스운 듯 연신 벙글거리며 대답했다.

그는 도무탄하고 두어 달 이상 그림자처럼 붙어 지내다 보니까 친형제 이상으로 친해졌다.

"이렇게 하면?"

도무탄은 두 손을 펼쳐서 수염을 가렸다.

"나는 너처럼 잘생긴 살수를 본 적이 없다."

"살수들은 복면을 쓰는데 어떻게 얼굴을 봤느냐?"

"그건……."

말주변이 없는 적유랑은 할 말이 궁해졌다.

"접니다."

그때 문 밖에서 누군가의 나직한 목소리가 들렸다. 아까 만났던 개방 합비분타주의 목소리다.

"들어오시오."

척!

문이 열리고 사십오 세 정도의 나이에 깨끗한 옷차림을 한 인물이 들어섰다.

합비분타주인데 평소에는 늘 개방의 누더기 옷을 입고 다니지만 오늘만큼은 도무탄과 적유랑을 위해서 깨끗한 옷을 차려입었다.

도무탄과 적유랑은 개방 합비분타주의 최종 보고를 듣기 위해서 주루의 방에서 그를 기다리고 있었다.

조심스럽게 문을 닫고 들어선 합비분타주는 흑의 경장을 차려입은 도무탄을 보고는 그가 어떤 의도를 품고 있는지 즉시 알아차리고 엷은 미소를 지었다.

"그 방법은 통하지 않을 겁니다."

"어째서 그렇소?"

"지난 석 달 가까이 무정살수들은 한 명도 가화루(嘉花樓)에 온 적이 없습니다."

가화루는 무정혈룡의 여자 운영의 친구라는 묘향이 루주로 있는 기루다.

"그렇소?"

"무엇 때문인지 이유는 모르겠습니다."

그 이유를 도무탄과 적유랑은 알고 있다. 석 달 전이라면 무정혈룡이 무정살수들을 이끌고 도무탄과 주천강을 죽이러 온 시기와 맞아떨어진다.

이후 무정혈룡은 중상을 입은 몸으로 도주를 하고 또한 깊숙이 은둔해 있는 상황일 텐데 무정살수들이 보란 듯이 버젓이 기루를 드나들면서 계집질이나 한다는 것은 말이 되지 않는 일이다.

도무탄은 난감한 표정을 지었다.

"무정살수들이 기루에 오지 않는다면 우리가 합비에 더 이상 머물 이유가 없군."

"아닙니다. 머무실 이유를 찾아냈습니다."

합비분타주의 자신만만한 말에 도무탄과 적유랑은 동시에 반색했다.

"그게 뭐요?"

"운영이라는 여자를 합비 거리에서 발견했습니다."

"무정혈룡의 여자를 말이오?"

"그렇습니다."

합비분타주는 말할 내용을 이미 머릿속에 다 기억해 두고 있으면서도 더욱 정확을 기하기 위해서 생각을 정리한 후에 말을 이었다.

"그녀는 조금 전까지만 해도 가화루주와 함께 이것저것 물건들을 사고 있었습니다."

"어떤 물건이오?"

거기까지 기억하지 못하는 합비분타주는 품속에서 종이를 꺼내 거기에 적혀 있는 것들을 읽어주었다.

"빗과 장신구, 비단 신발, 비녀를 사고 나서 차를 마시고는 가화루로 함께 들어갔습니다."

"운영이라는 여자가 아직도 가화루에 있소?"

합비분타주는 결정적인 부분을 말할 때가 왔다는 듯한 비장한 표정을 지었다.

"그렇습니다. 감시를 붙여놨으니까 그녀가 나오면 어디로 가는지 알 수 있을 것입니다."

"잘했소."

"별말씀을……."

도무탄이 손을 덥석 잡으면서 치하하자 합비분타주는 기쁜 얼굴로 급히 허리를 굽혔다.

무정혈룡이 자신의 여자를 철저하게 단속하지 않은 것은

큰 실수였다.

그는 설마 자신의 여자까지 노출되었을까 방심한 것이 분명하지만 결국 그 설마가 그의 뒷덜미를 잡는 계기가 되었다.

무정혈룡의 여자에 대한 일은 무정혈살대 내에서도 간부급에 속하는 사람만이 알고 있는 극비 사항이다.

그런 것을 보면 무정혈룡은 부원의 배신을 아직 모르고 있는 것이 분명하다.

늦은 오후, 무정혈룡의 여자인 운영은 모습을 드러내지 않은 채 가화루 안에서 마차를 타고 거리로 나와서는 어디론가 향했다.

도무탄은 감시하던 개방 제자들을 물러가게 하고 자신과 적유랑 둘이서 직접 미행했다.

운영이 친구를 만나러 혼자 왔을 것이라고 생각하는 사람은 아마도 코흘리개뿐일 것이다.

무정살수가 암중에서 그녀를 호위하고 있다면 개방 제자가 미행하는 것은 자살행위다.

도무탄과 적유랑은 수염이 덥수룩한 모습과 허름한 경장을 입은 모습 그대로 삼백여 장 뒤에서 그녀가 탄 마차를 미행하기 시작했다.

미행이란 멀어도 이삼십 장 이내에서 하는 것이 상식인 터라서 제아무리 무정살수라고 해도 삼백 장 뒤에서 따르고 있는 두 사람을 의심하지는 않을 것이다.

운영이 탄 마차는 합비를 빠져나와 관도를 따라 북쪽으로
향했다.

소호로 흘러드는 강은 여러 개가 있지만 북쪽에서 흘러오
는 강은 완수(晥水) 하나뿐이다.

완수는 안휘성 중부지방에 동북에서 남서쪽으로 길게 누
워 있는 회양산(淮陽山)의 허리쯤에서 발원하여 합비를 지나
소호로 흘러드는 수정처럼 맑은 강이다.

다각다각…….

마차는 완수를 따라 북쪽으로 이십여 리를 달리다가 관도
를 벗어나 완만한 경사의 산길로 접어들었다.

관도는 줄곧 북쪽으로 뻗어 있고 완수는 동북쪽 산에서 흘
러내리는데 마차는 계속 물줄기를 따라 올라갔다.

[일단 그냥 지나가자.]

관도와 완수가 갈라지는 지점에 이르렀을 때 도무탄이 나
란히 걷고 있는 적유랑에게 전음을 보냈다.

합비에서 북쪽으로 뻗은 관도에는 여러 종류의 행인이 심
심치 않게 왕래하고 있으므로 도무탄과 적유랑은 떠돌이 무
사인 것처럼 행세하면서 회양산 계곡으로 오르는 완수를 오
른쪽에 두고 그냥 지나쳤다.

적유랑은 도무탄의 의견에 토를 달지 않았다. 그가 무정살수라고 해도 완수를 따라 오르는 길목 어딘가에 매복을 했을 것이기 때문이다.

두 사람은 서두르지 않았다. 관도를 계속 걷다가 허름한 주루가 나타나자 그곳에서 느긋하게 술과 요리를 먹고 마신 후 밤이 이슥해져서야 아까 그 위치로 돌아와서 산을 오르기 시작했다.

第百十一章

고개만 돌리면 피안(彼岸)

깊은 밤. 완수의 구불구불한 강둑길이 계곡을 따라서 오 리쯤 비스듬히 올라간 곳.

한 그루 높은 거목 위 나뭇가지에 하나의 검은 인영이 꼼짝도 하지 않고 서 있다.

산길 중간을 감시하는 임무를 맡고 있는 무정살수다. 지상에서 칠팔 장 높이 나뭇가지에 추호의 기척도 없이 서 있는 그를 발견할 수 있는 것은 귀신 정도뿐일 것이다. 그 정도로 일체의 기척이 없다.

그는 완수와 강둑길을 눈도 깜빡이지 않은 채 뚫어지게 주시하고 있다.

그때 무정살수 뒤에 하나의 검은 인영이 나타났다. 추호의 기척도 없는 터라서 얼핏 보면 무정살수의 그림자로 착각할 정도다.

그런데 우두커니 서 있던 무정살수가 갑자기 스르륵 하고 그 자리에 주저앉았다.

소리 없이 나타난 그림자에게 암습을 당해 즉사한 것인데 아무런 음향도 신음도 나지 않았다.

무정살수는 나뭇가지에 구겨지듯 앉아서 위로 뻗은 다른 나뭇가지에 상체를 기대고 있으며 눈을 부릅뜬 채 즉사한 모습이다.

스으…….

주저앉아 있는 무정살수를 물끄러미 굽어보고 있는 검은 인영 옆에 또 하나의 검은 인영이 나타났다.

[그냥 멀리서 강기를 발출해서 죽이면 될 텐데 꼭 이런 식으로 일일이 가깝게 접근해서 죽여야 하는 거냐?]

나중에 나타난 검은 인영 적유랑이 전음으로 투덜거렸다.

처음에 나타나서 무정살수를 기척도 없이 죽인 그림자 도무탄은 나무에서 훌쩍 뛰어내렸다.

[유랑, 지금까지 처치한 무정살수가 몇 명이냐?]

[다섯 명.]

[앞으로 몇 명이나 더 있을 것 같으냐?]

[거야 모르지.]

도무탄은 거목 아래에서 강 위쪽을 응시하며 말했다.

[감시하는 무정살수가 많으면 많을수록 이곳에 무정혈룡이 있을 가능성이 크다.]

적유랑은 고개를 끄떡였다.

[그렇겠지.]

도무탄은 강 위쪽을 보면서 입초리만으로 씩 미소 지으며 중얼거렸다.

[그래서 나는 저 위쪽에 무정살수가 많으면 많을수록 신 난다는 말이다. 그건 저 위 어딘가에 무정혈룡이 있다는 증거니까.]

[네 말이 맞다.]

적유랑은 도무탄의 이런 모습을 처음 보았다. 투지에 차 있으며 눈빛은 살기로 번뜩이고 있다.

[나와 너, 그리고 천강을 죽음 직전까지 몰아넣었던 놈이다. 절대 용서하지 않겠다.]

관도에서 완수를 거슬러 올라 회양산으로 십여 리쯤 들어간 계곡 깊숙한 계류가에 십여 채의 집이 어둠 속에 띄엄띄엄 웅크리고 있다.

집들은 통나무로 만들었으며 어떤 것은 단층이고 어떤 것은 이 층, 혹은 삼 층이다.

공통점은 통나무집들이 하나같이 매우 크다는 사실이다. 단층에는 이십여 명, 이삼 층에는 오십여 명까지도 족히 거주할 수 있을 듯한 규모다.

도무탄과 적유랑은 가파른 언덕의 아래쪽 나무 뒤에 몸을 감추고 계류가의 통나무집들을 주시하고 있다.

[저기에 무정살수들이 매복했다는 거야? 나는 한 명도 안 보이는데?]

적유랑은 목을 길게 빼고 통나무 집 쪽을 이리저리 살펴보며 전음으로 말했다.

[이 자리에서 움직이지 않은 상태에서도 내 눈에는 일곱 명이 보인다.]

[나도 공력으로 안력을 높여서 보고 있는데 한 명도 보이지 않는다. 내 눈하고 네 눈하고 다른 거야? 아니면 내 공력이 형편없다는 거야?]

[응안색이라는 수법을 전개한 거야.]

[응안색? 그게 뭐냐?]

[살수 수법 중에 하나다.]

적유랑은 뜻밖이라는 듯 도무탄을 쳐다보았다.

[부원이라는 자에게 그런 것도 배웠냐?]

적유랑은 도무탄이 걸핏하면 살수 수법을 전개하는 것을 이상하게 여겼었다. 그래서 도무탄은 한가할 때 부원과 명림에 대해서 설명을 해주었었다.

[유랑, 당면한 일에 집중해라.]

과묵한 적유랑이 도무탄하고 친해진 것까진 좋은데 수다스러울 만큼 말이 많아져서 탈이다. 그는 도무탄의 주의를 받고서야 입을 다물었다.

현재 도무탄과 적유랑이 있는 곳은 완수의 중류인 계류로 내려가는 가파른 산비탈의 아래쪽으로, 통나무집들이 있는 곳까지는 직선 거리로 사십여 장이다.

[작전이 뭐냐?]

[한 사람은 치고 들어가고 다른 한 사람은 무정혈룡이 있는 곳을 알아낸다.]

도무탄은 이곳 무정살수들의 경계가 너무 삼엄해서 잠입하는 것보다는 차라리 공격을 해서 한바탕 흔들어놓는 편이 낫다고 판단했다.

적유랑은 엷은 미소를 지었다.

[너하고 함께 다닌 이후 제일 멋진 작전이다. 물론 치고 들어가는 것은 내가 한다.]

[알았다.]

문득 적유랑이 염려스러운 얼굴을 했다.

[그런데 싸우는 동안 무정혈룡이 도망치면 어떻게 하지?]

도무탄은 가볍게 고개를 가로저었다.

[내 생각에 그는 도망가지 않을 것이다.]

[어째서?]

도무탄은 집들이 모여 있는 곳을 쳐다보았다.

[여긴 그가 갈 수 있는 마지막 장소일 것이다. 또한 이곳에
는 무정혈살대 전체가 운집해 있는 것 같은데, 너 같으면 수
하들을 내버려 두고 혼자만 도망치겠느냐?]

적유랑은 고개를 가로저었다.

[나라면 절대로 그런 짓은 하지 않는다.]

[무정혈룡도 그럴 거야.]

적유랑은 이마를 좁혔다.

[그렇지만 여태까지 그놈은 수하들이 죽든 말든 내버려 두
고 도망만 다녔잖아.]

[그땐 혼절해 있었을 거야. 즉, 그의 뜻이 아니라 측근들이
그렇게 한 거겠지.]

[그랬었군.]

도무탄은 머릿속으로 계산해 두었던 것이 있다.

[유랑 네가 한바탕 난리를 피우면 반드시 그가 나와볼 것이
다. 그럼 쉽게 찾아낼 수 있다.]

[간다.]

적유랑은 숨어 있던 나무 뒤에서 나와 두말 않고 급경사 아래로 빛처럼 쏘아 내렸다.

적유랑은 무정살수가 어디에 있는지 보이지 않지만 걱정하지 않았다.

그가 곧장 걸어 들어가면 어디선가 무정살수들이 나타나서 공격을 할 테고 그때 반격하면 된다.

그는 산비탈을 다 내려와 평지에 이르러서 통나무집 쪽을 향해 보폭을 크게 하여 성큼성큼 걸어갔다.

그는 무정혈살대라고 하면 이가 갈릴 정도로 원한이 사무쳐 있기 때문에 이곳에 있는 개 한 마리조차도 살려두지 않을 생각이다.

쌔액!

그때 갑자기 왼쪽 어둠 속에서 흐릿하면서 날카로운 파공음이 흘렀다.

순간 적유랑의 오른손이 어깨의 도를 잡았다.

츄잇—

그가 발도하자 파공음이 들려온 방향으로 흐릿한 도강이 번뜩이며 뿜어졌다.

방금 전까지만 해도 그는 무정살수들이 어디에 은둔해 있는지 전혀 몰랐으나 파공음이 들리는 것과 동시에 왼쪽 방향에 있는 무정살수 두 명의 위치를 간파했다.

즉, 무정살수는 기척을 완벽하게 감춘 채 은둔해 있다가 침입자를 발견하고 암기를 던지는 과정에 자신의 위치와 모습을 드러낸 것이다.

파아—

"끅!"

"컥······."

오륙 장 거리의 어둠 속에서 답답한 두 마디 신음이 터져 나왔다.

적유랑은 슬쩍 상체를 뒤로 젖히는 단순한 동작으로 왼쪽에서 쏘아 오는 십여 자루 암기를 피하고는 오른손에 도를 움켜쥔 채 다시 성큼성큼 걸어갔다.

슈슈슉!

다음 순간 걸어가고 있는 적유랑의 전면과 좌우에서 검은 인영, 즉 무정살수 십여 명이 무더기로 쏘아 나왔다.

적유랑은 좌에서 우로 슬쩍 일별(一瞥)을 주고는 계속 걸어가면서 도를 그었다.

부악—

"캑!"

"흑!"

무정살수들은 어둠 속에서 모습을 드러내지도 못한 채 답답한 신음을 흘리며 죽어갔다.

촤아—

적유랑이 방금 딛고 지나간 땅속에서 느닷없이 무정살수 두 명이 튀어나오면서 그의 등을 찔러갔다.

파아—

그러나 뒤돌아보지도 않고 휘두른 적유랑의 도에서 발출된 도강이 두 무정살수의 허리를 한꺼번에 뭉텅 잘랐다.

적유랑은 정확한 목적지도 없이 그저 통나무집들을 향해 성큼성큼 걸어가면서 이리저리 도를 휘둘러 무차별 무정살수들을 죽였다.

그가 통나무집에 가까워질수록 더 많은 무정살수가 어둠 속에서 쏟아져 나오더니 오래지 않아서 그 수가 이백여 명을 넘어섰다.

이윽고 적유랑은 걸음을 멈추고는 당당한 자세로 우뚝 서서 도에서 강기를 거두었다.

도강을 발휘하면 무정살수들이 가까이 다가올 수 없기 때문에 그들을 끌어들여서 접근전을 시도하려는 것이다.

싸움이라면 모름지기 원초적인 접근전이 제맛이다. 사지육신이 퍽퍽 마구 잘라져서 날아다니고, 피가 촥촥 튀며 목청껏 처절한 비명을 질러야지만 죽이는 사람도 죽는 놈도 신명이 나는 것이다.

그래서 적유랑은 도강을 거두었을 뿐만 아니라 무정살수들이 되도록 가까이 그리고 많이 모여들 때까지 묵묵히 기다렸다.

'놈! 드디어 나타났구나……!'

적유랑이 무정살수들에게 포위되어 싸우고 있는 동안 도무탄은 무인지경인 양 통나무집들 깊숙이 들어와 있다가 어느 순간 눈을 빛냈다.

그는 어느 통나무집 지붕에 은풍연의 수법으로 모습을 감추고 은신하여 주위를 살피다가 방금 오 장 거리의 어느 집에서 나오고 있는 한 무리의 무정살수 속에서 낯익은 한 사내를 발견했다.

예전에 도무탄이 봤을 때에는 핏빛 혈의를 입고 있었지만 지금은 평범한 황의 단삼을 입고 있는 청년은 틀림없는 무정혈룡이다.

집에서 나온 그는 적유랑과 무정살수들이 싸우고 있는 방향으로 빠르게 걸어갔다.

그러다가 격전장 쪽에서 달려온 무정살수 한 명이 뭔가 보고를 하자 무정혈룡은 걸음을 멈추었다.

"주군, 수라마룡이 쳐들어왔습니다."

무정살수의 보고하는 빠른 목소리가 도무탄에게도 똑똑히 들렸고, 무정혈룡의 안색이 변하는 것까지 보였다.

"틀림없느냐?"

"속하들은 수라마룡과 싸워봤기 때문에 그의 모습을 잘 알고 있습니다."

　무정혈룡 태무군의 얼굴이 돌덩이처럼 굳어졌다. 그는 자다가 뒤통수를 한 대 호되게 얻어맞은 것 같은 기분이다. 수라마룡이 이곳에 나타날 것이라고는 추호도 예상하지 못했기 때문이다.

"수라마룡 혼자더냐?"

"그렇습니다."

　그는 미간을 잔뜩 좁혔다.

　'음. 여기까지 추적해 오다니……'

　그는 방금 자신이 나온 집을 돌아보았다. 집 안에는 도무탄이 태무군의 여자라고 믿고 있는 여자가 있다. 그러나 사실 그녀는 태무군의 여자가 아니라 누나다. 피맺힌 사연을 간직한 슬픔의 여인이다.

　그는 수라마룡이 누나를 미행했을 것이라고 짐작했다. 그것 말고는 이곳이 드러날 원인이 없다. 그리고 또한 그가 혼자 오지는 않았을 것이며, 최소한 등룡신권과 함께 왔을 것이라고 판단했다.

그래도 이곳은 태무군 자신과 무정혈살대 전체가 운집해 있으므로 수라마룡이 바보가 아닌 이상 혼자 오지는 않았을 것이다.

도무탄이라면 개방을 마음대로 움직일 테니까 필경 누나에 대해서는 개방이 알아내서 그에게 알려주었을 것이다. 설마 누나에 대해서까지 알아낼 줄은 몰랐었다.

도무탄을 비롯한 사룡의 위협 때문에 태무군 자신이나 수하들은 일체 활동을 중지한 채 철저하게 단속을 했으나 누나마저 속박할 수는 없어서 자유롭게 다니도록 했는데 결국에는 그것이 화근이 되었다.

현재 태무군은 몸이 온전한 상태가 아니다. 두 달 반 전에 도무탄에게 당한 내상이 워낙 엄중했었기에 아직도 평소의 칠 할 정도밖에는 회복이 되지 않았다.

그때부터 칠십 일 이상 매일 꾸준히 치료하고 운공조식을 병행하고 있지만 앞으로 한 달은 더 정양을 해야만 완전히 회복될 터이다.

싸움이 벌어지고 있는 곳에서는 비명 소리가 연이어서 터져 나오고 있다.

구태여 그곳에 가서 확인해 보지 않아도 무정살수들의 비명 소리가 분명하다.

태무군의 표정이 복잡해졌다. 수라마룡이 혼자 왔다면 어떻게든 대처할 수 있겠는데 만약 등룡신권까지 왔다면, 그래서 그가 어디에선가 지켜보고 있다면 오늘의 싸움은 보나마나 필패(必敗)다.

그리고 최악의 상황, 즉 사룡이 모두 왔다면 그 결과는 상상하는 것조차도 싫다.

그는 혼절에서 깨어났을 때 측근의 보고를 들었었다. 즉, 등룡신권을 동굴 속으로 유인하여 벽력탄을 폭발시켰으며, 그로 인해서 그를 죽였거나 그에 상응할 정도의 극심한 중상을 입혔을 것이라는 사실.

그리고 수라마룡은 등룡신권을 안고 탈출하는 과정에 엄중한 중상을 입어서 그 역시 생사를 장담할 수 없는 처지라는 것이다.

무정칠살은 수라마룡은 몰라도 등룡신권은 틀림없이 죽었을 것이라고 입을 모았었다.

무정칠살과 무정살수들이 목격한 등룡신권의 모습은 갈가리 찢어져서 너덜너덜했다고 한다.

그러나 무정칠살의 장담이 틀렸다면, 그리고 무림에 떠도는 등룡신권이 '불사신(不死身)'이라는 소문이 맞는다면, 그도 여기에 왔을 가능성이 크다.

그가 벽력탄의 폭발에서 어떻게 살아났는지는 그다지 중요한 일이 아니다. 중요한 것은 그가 이곳에 왔을 것이라는 사실이다.

태무군은 머릿속이 복잡했다. 하지만 수하들이 계속 죽어가고 있는데 언제까지 여기에서 머뭇거리고만 있을 수는 없는 노릇이다.

그래서 그가 아직 어떤 결정을 내리지 못한 상태에서 싸움이 벌어지고 있는 곳으로 가려고 막 신형을 날리려는데 갑자기 허공에서 나직한 음성이 들렸다.

"무정혈룡, 너는 내가 상대해 주마."

"......!"

태무군과 무정칠살 등 측근들이 움찔하며 위를 쳐다보자 가까운 통나무집 지붕에서 하나의 인영이 학처럼 둥실 떠서 이쪽으로 날아오고 있는 것이 보였다. 키가 크고 우람한 체구에 야공에 뜬 달을 등지고 떠 있는 모습은 몹시 위압적이었다.

'등룡신권!'

그 인영이 누구인지 확인하는 순간 태무군의 얼굴이 확 굳어졌다.

마침내 우려하던 일이 현실로 드러났다. 모르긴 해도 오늘 밤에 무정혈살대는 이곳에서 전멸을 당할 터이다.

태무군 자신이 온전한 상태라면 또 모르지만 아직 회복되지 않은 몸 상태로 등룡신권이나 수라마룡 한 명을 상대하는 것도 벽찰 것이다.

이것은 죽기 살기로 한번 싸워보자, 그러면 뭔가 어떻게 되겠지, 라는 식의 어줍지 않은 용기를 내서 해결할 수 있는 일이 아니다.

그러는 것은 만용이고 객기일 뿐이다. 태무군이 험난한 강호에 내던져져서 이날까지 살아온 현실이란 한순간도 냉엄하지 않는 적이 없었다.

설마… 라고 염려하는 일은 반드시 일어났었으며, 괜찮겠지… 라고 안도하는 순간 기필코 일이 터졌었다. 그렇게 운명은 항상 그의 반대편이었다.

그래서 그의 인생 전체는 운명을 거스르는 일로 온통 도포(塗布)되었다 해도 과언이 아니다.

차차창!

"멈춰라!"

그 순간 태무군 주위에 있던 무정살수들이 반사적으로 일제히 발검하면서 도무탄에게 쏘아 가는 것을 보고 태무군이 급히 제지했다.

무정살수들이 물러서자 도무탄은 태무군 앞 다섯 걸음 거리에 깃털처럼 가볍게 내려섰다. 이곳은 무정혈살대 전체가 운집해 있는 한복판이지만 그는 제집 마당에 서 있는 것처럼 태연했다.

그의 태도로 보아 태무군이나 무정살수 따위 안중에 두지 않는 것이 분명하다.

도무탄은 감정을 드러내지 않으려고 애썼으나 태무군을 쏘아보는 눈빛이 이글거렸다.

"무정혈룡, 드디어 만났구나."

"등룡신권, 저 싸움을 멈출 수 없겠느냐?"

그런데 태무군은 뜬금없는 요구를 했다. 수라마룡과 무정살수들의 싸움을 멈춰달라는 것이다.

"무슨 소리냐?"

태무군은 복잡한 표정을 지었다.

"너희가 원하는 사람은 내가 아니냐? 그러니 무고한 수하들을 죽이지 말아다오."

도무탄의 짙은 눈썹이 꺾였다.

"무고한 수하라고?"

도무탄이 발끈하는 모습을 보고 태무군은 자신이 실언을 했음을 깨달았다.

무정살수들은 도무탄과 적유랑에게 여러 가지 잔인하고 비열한 수법을 사용했었으므로 절대 무고하다고 말할 수 없기 때문이다.

태무군이 중상으로 혼절해 있을 때 도무탄에게 벽력탄을 터뜨리고 적유랑을 합공하여 둘 다 중상을 입혔었다. 그러니

두 사람이 자비를 베풀 리가 없다.

"실언했다."

태무군은 자신의 실언을 인정했다. 그리고는 한 번 더 굴신(屈身)했다.

"모든 책임은 내가 지겠다. 수하들을 용서해 다오."

도무탄은 뜻밖이라는 표정을 지었다. 그는 태무군의 얼굴에서 수하들을 걱정하는 상전의 진심을 읽었다. 상황이 이상하게 흘러가고 있다.

그래서 그는 잠시 고민하다가 태무군을 주시한 채 조용히 입을 열었다.

"유랑, 이리 와라."

그러자 한창 닥치는 대로 무정살수들을 도륙하고 있던 적유랑이 격전장에서 불쑥 허공으로 신형을 뽑아 올렸다가 도무탄에게 날아와 그의 옆에 사뿐히 내려섰다.

"뭐냐, 무탄?"

적유랑은 눈에서 불을 뿜듯이 태무군을 쏘아보며 도무탄에게 물었다.

싸움이 시작된 지 얼마 지나지도 않았는데 그사이에 적유랑은 무정살수를 삼십여 명이나 죽였다. 이대로 내버려 둔다면 그가 무정살수들을 다 죽이는 데 한두 시진이면 족할 것 같았다.

일전에 쫓길 때는 다 찢어져서 너덜너덜한 도무탄을 안고 싸웠기 때문에 불리했었으나, 지금은 오히려 도무탄이 든든한 버팀목이 돼주고 있기에 힘이 펄펄 났다.

도무탄은 태무군을 주시하며 조용히 말했다.

"저자가 할 말이 있다는데 들어보자."

"쓰레기들을 해치우는 것보다 중요한 말이 아니라면 각오해야 할 것이다."

태무군은 오늘 밤에 온갖 모욕을 다 당하고 있다. 스스로 몸을 굽혀 굴신을 하는가 하면, 적유랑이 수하들을 쓰레기라고 싸잡아서 폄하해도 참을 수밖에 없다.

태무군 좌우에는 무정칠살이 기세등등하게 늘어서 있고, 족히 백오십 명 이상의 무정살수가 겹겹이 포위망을 형성하고 있다.

그들은 자신들과 주군이 형편없는 모욕을 당하는 것에 울분을 금하지 못했다.

무정혈살대는 예전에 이미 도무탄과 적유랑에게 이백 명 정도가 죽음을 당했었다.

무정혈살대 전체 인원이 삼백 오십여 명인데 그중에 이백여 명이 도무탄과 적유랑에게 죽었다면 그 두 사람은 철천지원수다.

그러나 태무군은 그보다는 지금 살아 있는 수하들의 목숨을 지키는 것이 최우선이다. 그는 도무탄을 응시하면서 진중한 얼굴로 말문을 열었다.

"추후에 날을 잡아서 내가 너희 둘 중 한 사람과 일대일 대결을 벌이겠다."

"얕은 수작을 부리는군."

적유랑이 비웃듯이 싸늘한 미소를 흘렸다. 그는 태무군이 무슨 말을 해도 곧이듣지 않았다.

하지만 적유랑과는 달리 도무탄은 태무군이 비겁한 인물이 아니며 그가 이러는 데에는 그럴 만한 이유가 있을 것이라고 생각했다.

"그래야 하는 이유가 뭐냐?"

태무군은 사실대로 대답을 하면 자존심에 상처를 입겠지만 그렇다고 거짓말로 둘러대기는 싫었다.

"나는 지난번 너와의 싸움에서 당한 내상이 아직 다 낫지 않은 상태다. 할 수 있다면 어느 정도라도 회복하고 나서 정정당당하게 싸우고 싶다."

"헛소리 집어치워라!"

적유랑이 더 들어볼 것도 없다는 듯 냉랭하게 버럭 소리를 질렀다.

"지금 정정당당이라고 지껄였느냐? 네놈들이 동굴 속에서 벽력탄을 폭발시켜서 무탄을 죽이려고 했던 짓은 정정당당했

었느냐?'

"……."

태무군은 말문이 막혔다. 하지만 입을 단고 있는다고 해결될 일이 아니다.

"나는 지금 너희의 자비를 바라고 있다."

"뭐어……."

그의 말에 도무탄과 적유랑은 동시에 어이없다는 표정을 지었다. 그것은 무정혈룡의 입에서 나올 수 있는 말이 아니기 때문이다.

도무탄과 적유랑은 서로의 얼굴을 한 번 쳐다보았으나 아무 말도 하지 않았다.

태무군의 '자비를 원한다'라는 말에 도무탄은 물론 적유랑도 적잖이 놀랐다.

설마 그가 그 정도로 자신을 낮출 것이라는 생각은 추호도 해본 적이 없었다.

"주군……."

그러나 도무탄과 적유랑보다 더 놀란 사람은 무정칠살과 무정살수들이다.

더구나 그들은 주군이 어째서 이토록 비굴할 정도로 저자세로 일관하는지 이유를 알기 때문에 더욱 가슴이 찢어지는 것 같았다.

태무군은 무정칠살과 무정살수들이 동요하고 있는 것을 알지만 모른 체했다.

또한 그는 '자비를 바란다'라는 말만 해놓고서 다음 말을 하지 않고 도무탄과 적유랑의 반응을 기다렸다.

아니, 그가 생각하기에 일은 도무탄이 주도하고 적유랑은 따르기만 하는 것 같았다.

적유랑이 바보라서가 아니라 도무탄을 매우 존중하기 때문인 듯했다.

도무탄은 한동안 태무군을 뚫어지게 주시하며 눈도 깜빡이지 않았다.

태무군의 의도를 간파하기 위해서가 아니다. 그가 진심이라는 것은 이미 알았다.

다만 도무탄이 시간을 끌고 있는 이유는 냉철한 이성과 복잡한 감정 사이에서 갈등을 하고 있기 때문이다.

어떤 결정이든 후회를 남기면 안 된다.

나라와 나라 사이에 전쟁이 벌어지면 적국(敵國)의 왕을 생포하거나 죽이면 전쟁은 끝나는 법이다.

전쟁이 나지 않았다면 군사들은 모두 평범한 백성으로서 농군이나 어부, 장사꾼이었을 것이다. 그러니 내 나라 백성과 적국의 백성 사이에는 별다른 차이가 없다. 다 같은 선량한 백성인 것이다.

도무탄은 단순무지하게 살인을 즐기는 살인마가 아니다. 그 반대로 될 수 있으면 불필요한 살인을 하지 않으려고 노력하는 사람이다.

그러므로 지금 불필요한 살인을 하지 않아도 되는 기회가 주어졌는데 일부러 그것을 외면할 필요는 없는 것이다.

이윽고 도무탄은 어떤 결정을 내리고 태무군을 쏘는 듯이 주시했다.

"내가 어떤 사람인지는 아느냐?"

"천하육룡의 등룡신권 도무탄. 동무림의 우두머리라고 알고 있다."

"동무림은 뭐하는 곳이냐?"

"절세불련에 대항하기 위해서 너 등룡신권을 보고 운집한 동쪽 무림인들의 집합체다."

"동무림의 목적은 절세불련에 대항하는 것이 아니라 그들을 완전히 괴멸시키는 것이다. 그래야 무림과 천하가 평화로워질 것이기 때문이지."

도무탄은 절세불련에 대해서 말할 때에는 미소조차 짓지 않은 냉정한 얼굴을 견지했다.

"너도 절세불련이 무림과 천하의 악이라는 사실쯤은 알고 있겠지?"

"……"

태무군은 대답하지 않았다. 그걸 인정하면 무정혈살대도 악이라는 것을 인정하는 것이 된다.

"설마 너는 아무런 은원관계도 없이 그저 돈만 받고 사람을 죽여주는 짓을 오래하다 보니까 선악(善惡)을 구별하는 능력마저도 사라진 것이냐?"

태무군의 눈빛이 흐릿하게 흔들렸다. 그는 할 말이 태산처럼 많지만 침묵했다.

도무탄이 막역한 친구라면 몇 날 밤을 지새우면서 술을 마시며 자신의 기구한 과거를 넋두리처럼 털어놓겠지만, 애석하게도 그는 친구가 아니라 적이다.

또 한편으로는 구차하게 자신의 신세를 구구절절이 늘어놓지 않아도 되는 것이 얼마나 다행한 일인지 모른다는 생각이 들었다.

자신의 입에 올리는 것조차도 구역질이 날 정도로 형편없는 그의 과거인 것이다.

"내 관점에서 보면 무정혈살대나 절세불련이나 다를 게 없는 집단이다."

도무탄의 냉정한 말에 태무군은 불길한 예감이 들었다. 도무탄이 절세불련을 괴멸시키는 것이 목적이라면 무정혈살대도 곱게 놔두지는 않을 것이기 때문이다.

태무군은 이미 오래전에 협의니 정의, 선행, 양심 따위 불필요한 것들을 깡그리 버렸었다.

그의 관점에서 봤을 때 도무탄은 그가 오래전에 부질없는 것이라고 죄다 버렸던 그것들, 협의니 정의 따위들로 똘똘 뭉친 사내다.

그러나 그게 뭐 어쨌다는 건가. 피곤하고 힘들게 무엇 때문에 무림과 천하를 위해 헌신한다는 말인가.

그래서 명성과 명예, 존경을 얻으면 뭔가 달라지는데? 그런다고 해봤자 사람들은 뒷구멍에서 다들 수군거리면서 헐뜯기 일쑤일 테고 욕은 욕대로 하면서 자기들 실속은 다 차릴 것이다.

말하자면 도무탄이란 놈은 약장수가 약을 팔기 전에 구경꾼들에게 한바탕 재주를 부리게 하는 곰이나 원숭이 같은 한심한 놈이다.

그런데 더 한심한 일은 자신이 곰이나 원숭이라는 사실을 모르고 있다는 사실이다.

"무정혈살대를 해체해라."

"뭐?"

침묵을 지키고 있던 태무군은 도무탄이 불쑥 말하자 안색이 확 변하며 얼굴이 싸늘하게 굳어졌다.

"그게 조건이냐?"

"조건? 허허헛!"

도무탄은 어이없다는 듯 가볍게 웃고 나서 말을 이었다.

"너는 자비를 바란다고 하지 않았느냐?"

"음."

자고로 자비를 바라는 사람은 조건 운운 따지지 않는다. 그저 잠자코 자비를 바라면 된다.

태무군은 발끈했다가 도무탄의 지적에 자신의 처지를 깨닫고 할 말을 잃었다.

"네 수하들을 살리고 싶은 마음이 있다면 무조건 무정혈살대를 해체해라. 내게 자비를 원한다면 그것이 선행되어야 할 것이다."

도무탄의 표정은 준엄했고 음성은 단호했다. 그것은 지상명령 같아서 태무군은 그것에 대해서는 일체의 타협의 여지가 없다는 사실을 깨달았다.

문득 태무군은 자신을 비정의 길로 들어서게 했던 사부의 한마디가 떠올랐다.

'고개만 옆으로 돌리면 거기가 피안(彼岸)이다. 바보처럼 앞만 보고 살지 마라.'

그 당시 사부는 무림을 피로 씻지 못한 것이 한(恨)이라고 입버릇처럼 말했을 정도로 무림에 불만과 원한이 깊은 사람이었다.

사부가 한 말은, 인생을 살아가는 방법은 여러 가지인데 너는 지금까지 앞만 보면서 정직하고 우둔하게 살아왔기에 손해만 보고 살았다.

그러므로 이제부터는 옆을 봐라, 그곳에도 여러 개의 다른 길이 있다는 뜻이었다.

그래서 태무군은 다른 길을 선택했으며 몇 년 후에는 희대의 살수가 되었다.

지금 사부의 말이 언뜻 생각난 것은, 그 말이 지금 상황에도 적용이 되기 때문이다.

사부의 금과옥조 같은 말은 태무군이 생의 갈림길에 섰을 때 지침이 돼주었다.

태무군은 돈이라면 천하제일부자 소리를 들을 만큼 모았으니 이제 돈에 대한 욕심은 없다.

또한 살수가 되어, 그리고 무정혈살대를 조직하여 셀 수도 없을 정도로 많은 사람을 죽여봤다.

무림이 그리고 천하의 생명을 갖고 있는 모든 것은 '살수지왕 무정혈룡'이라는 이름만 들어도 벌벌 떨면서 진저리를 친다.

그것이 태무군이 열일곱 살 때 왼쪽을 돌아보고 찾은 피안이라면, 지금쯤 오른쪽을 돌아볼 때가 됐다. 수하들을 살리기 위해서다.

"알았다. 그러겠다."

한참 만에 태무군은 무겁게 고개를 끄떡였다. 오른쪽을 보고 다른 길을 선택했다면 미련 없이 그 길로 가면 된다. 지금까지 걸어왔던 왼쪽 길은 아주 빠르게 기억에서 사라지게 될 것이다.

"주군!"

"대주! 안 됩니다!"

"그 말씀 거두어주십시오!"

순간 무정칠살과 무정살수들이 혼비백산하여 한꺼번에 아우성을 치며 부르짖었으나 태무군은 한 손을 들어 모두 조용히 시켰다.

그들은 다 같이 입을 굳게 다문 채 비통함의 눈물을 뚝뚝 흘리면서 가슴을 치고 머리카락을 쥐어뜯었으나 태무군이 조용하라는 신호로 한쪽 팔을 들자 더 이상 아무런 행동도 취하지 않았다.

도무탄은 태무군을 더 이상 닦달하지 않기로 했다. 무정혈살대를 해체하겠다는 그의 말을 액면 그대로 받아들였기 때문이다.

그러나 적유랑은 달랐다. 그는 사람들이, 더구나 칼날 위에서 노는 자들이 얼마나 표리부동(表裏不同)하고 교활한 위인들인지 잘 알고 있다.

"네 말을 어떻게 믿느냐?"

그러나 도무탄은 손을 뻗어 적유랑을 제지하고 태무군에게 물었다.

"약속 장소와 날을 정해라."

적유랑은 못마땅한 표정을 지었으나 잠자코 있었다.

태무군은 잠시 생각하다가 대답했다.

"열흘 후. 장소는 네가 정해라."

"주군! 그건 안 됩니다! 아직 몸도 성치 않으신데 어쩌시려는 겁니까?"

무정칠살 중 한 명이 자지러지듯이 소리쳤다.

태무군은 와락 인상을 쓰며 무정칠살을 돌아보면서 발을 굴렀다.

쿵!

"이놈들! 얼마나 더 비참해져야겠느냐?"

무정칠살과 무정살수들은 태무군의 서슬에 쥐 죽은 듯이 조용해졌다. 하지만 다들 비분강개(悲憤慷慨)하며 묵묵히 눈물만 흘렸다.

"한 달 후에 북경으로 와라."

그런데 도무탄이 조용히 말하는 것이 아닌가. 태무군은 열흘의 말미를 달라고 했는데 도무탄은 그 세 배인 한 달의 여유를 주었다. 태무군의 몸이 성치 않다는 사실을 알았기 때문이다.

태무군의 짙은 눈썹이 꿈틀거렸다.

"동정하는 것이냐?"

"미친놈."

도무탄은 일고의 가치도 없다는 듯 냉정하게 대꾸했다. 그의 표정만 보면 태무군의 얼굴에 침이라도 뱉을 것 같았다.

"네가 동정을 받을 자격이나 있다고 생각하느냐?"

"……."

"천하에 살수지왕을 동정할 만큼 자비로운 사람은 아무도 없을 것이다. 모르긴 해도 대자대비하신 부처님마저도 널 긍휼히 여기지는 않을 터."

거기에 대해서는 태무군은 무조건 인정한다. 그만큼 많은 살인을 저질렀기 때문이다.

"나는 상태가 온전하지 못한 놈하고 싸워서 이겼다는 소리를 듣고 싶지 않다. 그것뿐이다."

"음."

도무탄의 말은 과연 일리가 있다. 물론 그것은 정의로운 사람들의 세계에서나 있을 법한 얘기다.

태무군이 속한 세계에서는 상대가 온전하지 못하다는 것은 기회이고 행운이다. 상대를 죽일 수 있는 기회로 작용하기 때문이다.

목적을 위해서는 수단과 방법을 가리지 않는 삶을 오랫동안 살아온 태무군은 생경한 느낌을 받았다.

태무군은 피도 눈물도 없는 자신조차도 인정하지 않으면 안 될 정도로 도무탄이 정의로운 인물이라는 생각이 들었다.

"꼭 와야 한다."

"목숨을 걸고 가겠다."

도무탄의 말에 태무군은 손으로 자신의 목을 그어보이다가 손을 멈추었다.

말로 대답만 하면 되는데 구태여 동작까지 해보일 정도로 자신이 구차해졌다는 사실을 깨달은 것이다.

"네놈 목숨이 몇 푼 가치나 나가겠느냐?"

그런데 뜻밖에도 적유랑이 제동을 걸고 나섰다. 그는 태무군을 쏘아보며 말했다.

"무탄, 나는 저놈이 한 달 후에 북경에 오지도 않을뿐더러 무정혈살대를 해체하지 않을 것이라는 데 내 목숨을 걸 수도 있다."

"유랑."

도무탄은 씁쓸한 표정을 지었다. 좋은 쪽으로 해결을 하려는데 적유랑이 제동을 걸었기 때문이다.

적유랑은 쇳덩이처럼 단단한 표정을 지었다.

"내친 김에 그냥 쓸어버리자. 지금 이놈들에게 자비를 베풀면 죽을 때까지 후회하게 될 것이다."

도무탄은 적유랑의 말에도 일리가 있으므로 무조건 그의 의견을 일축하는 것은 옳지 않다고 생각했다. 그래서 태무군에게 물었다.

"너의 약속을 어떻게 보증하겠느냐?"

"그런 건 없다."

그러나 태무군은 딱 잘라서 말했다. 배짱이 아니라 정말 보증할 방법이 없기 때문이다.

도무탄은 씁쓸한 표정을 지었다.

"경주(慶酒)는 마다하고 벌주(罰酒)를 마시려느냐?"

도무탄은 태무군의 타협을 모르는 꽉 막힌 성격이 마음에 들지 않았다.

"내겐 모든 것이 다 벌주다."

"무탄, 더 이상 기다릴 것 없다. 그냥 쓸어버리자."

적유랑은 거보라는 듯이 기세등등했다.

도무탄은 난감한 표정을 지었다. 태무군이 무정혈살대를 해체하고 또 한 달 후에 북경에 찾아오겠다는 말을 믿고 싶지만, 적유랑은 너무 강경하고 반면에 태무군은 아무것도 보증을 하지 못하고 있다. 하기야 그가 무엇으로 보증을 할 수 있겠는가.

"제가 볼모가 되겠어요."

그런데 그때 태무군과 무정살수들의 뒤쪽에서 조용한 여자의 목소리가 들렸다.

그 목소리를 듣는 순간 태무군의 표정이 홱 변하는 것을 도무탄은 똑똑히 보았다.

운집한 무정살수들이 양쪽으로 갈라지면서 그 사이로 두 사람이 천천히 걸어오는 모습이 보였다.

두 사람 다 여자이며, 이십칠팔 세 정도의 고운 비단 은의(銀衣)를 입은 여자가 다른 여자의 부축을 받으면서 태무군과 도무탄 쪽으로 긴 치마를 끌면서 걸어오고 있다.

[무정혈룡의 여자인 것 같다.]

적유랑은 여자에게서 시선을 떼지 않은 채 도무탄에게 전음을 보냈다.

도무탄은 여자의 등장에 신선한 충격을 받았다. 여자가 얼마나 태무군을 사랑하면 위험천만한 볼모를 스스로 자처하고 나선다는 말인가.

태무군은 가까이 걸어오고 있는 여자를 보면서 얼굴이 보기 싫게 일그러졌으나 아무 말도 하지 않았다.

은의녀는 커다란 눈을 깜빡이지 않고 정면만 응시하면서 걸어왔다.

도무탄은 그녀의 동공에 초점이 없다는 것과 행동이 부자연스러운 점을 보고 그녀가 맹인인 것을 뒤늦게 깨달았다. 즉, 그녀는 눈 뜬 장님이다.

그런데도 그녀는 누가 가르쳐 주지도 않았는데 태무군 가까이에 이르자 그가 있는 쪽을 바라보며 배시시 정겨운 미소를 지어 보였다.

그런 그녀를 보면서 도무탄은 또 다른 사실 하나를 깨달았다. 그녀가 태무군을 바라보는 눈빛과 정겨운 미소가 '사랑'이 아니라 '자애로움'이라는 것이다. 마치 부모가 자식에게 지어 보이는 듯한 미소다.

하지만 그녀는 태무군 앞을 그냥 스쳐 지나 도무탄에게 천천히 걸어왔다.

"누님."

그때 태무군이 그녀를 불렀다.

'누님?'

여자는 움찔 놀라더니 태무군을 향해 돌아서서 환하게 미소를 지었다.

하지만 그녀의 커다란 두 눈에서 맑은 눈물이 구슬처럼 떨어지는 것을 도무탄은 발견했다.

"누님, 어이해……."

태무군이 일그러진 표정을 짓자 여자는 눈물을 흘리면서도 상냥한 표정을 지었다.

"군아, 한 달 후에 날 만나러 오너라."

"누님……."

도무탄과 적유랑은 자신들을 향해 걸어오는 여자를 망연자실한 표정으로 바라보았다. 그녀는 무정혈룡의 여자가 아니라 누나였던 것이다.

도무탄은 생각난 듯 태무군에게 물었다.

"영능이 날 죽이라고 청부했지?"

"그렇다."

살수는 청부자를 절대로 밝히지 않지만 지금은 그럴 상황이 아니다.

더구나 다 알고서 물어보는데 모른다고 딱 잡아떼는 것은 더 꼴사나운 일이다.

"그건 어떻게 할 거냐?"

"철회하겠다."

"위약금은 내가 물어주마."

태무군은 눈살을 찌푸렸다.

"주제 넘는 짓 하지 마라."

도무탄은 그가 천하제일부자라는 사실을 기억해 냈다.

"주천강의 청부도 철회해라."

"그건 곤란하다."

도무탄은 발을 가볍게 구르며 언성을 높였다.

쿵!

"이놈아! 대명의 태자를 죽여서 너에게 무슨 이득이 된다는 것이냐?"

"태자……."

"뭐? 천강이 태자야?"

태무군과 적유랑이 동시에 놀랐다. 아니, 여기에 있는 모든 사람이 다 경악했다.

태무군이 정색을 하고 물었다.

"독보창룡이 태자라는 말이냐?"

"그것도 모르고 무턱대고 죽이려고 했느냐? 너는 여태까지 천강을 죽이려고 악착을 떨었던 것만으로도 이미 충분한 대역죄인이다."

"음."

도무탄은 입술을 삐죽거렸다.

"조금이라도 속죄를 하는 길은 천강을 죽이라고 청부한 자와 그 배후를 잡아서 나라에 바치는 것뿐이겠지."

第百十二章

봄비 속에 만난 사람

도무탄과 적유랑은 무정혈룡의 누나 태운영(太暈英)과 그녀의 친구를 데리고 일단 파양현으로 향했다.

　태운영은 과거 기녀였던 시절에 진진이라는 기명으로 불렸으며, 그때 두 명의 절친한 친구가 있었는데 한 명은 묘향이고 다른 한 명이 도란(途蘭)이다.

　태무군이 누나를 데리고 떠날 때 묘향과 도란도 그녀를 따라갔으며, 나중에 태무군은 누나를 돌봐준 보답으로 묘향에게는 합비에 가화루라는 기루를 사주었으며, 도란은 그녀의 뜻에 따라서 누나 곁에 머물게 해주었다.

그때부터 태운영은 가화루가 가까운 곳에서 도란과 함께 호젓이 살아오고 있었다.

도무탄은 소연풍과 주천강하고 파양현에서 합류하기로 했었는데 그들은 돌아와 있지 않았다.

도무탄은 소운설 등이 있는 적화루로 향했으며, 적유랑은 오랫동안 비워둔 수라전으로 돌아갔다.

적유랑은 무정혈룡과의 일대일 싸움에 자신이 나서야 한다고 주장했다.

그래서 파양현에 잠시 들렀다가 북경에 가자고 도무탄을 이곳에 데리고 왔다.

적유랑의 권유가 아니었다고 해도 도무탄은 파양현에 올 수밖에 없었다.

이곳에 소운설이 있기 때문이다. 그녀를 내버려 두고 간다면 소연풍이 도무탄을 죽이겠다고 지옥까지라도 쫓아올 것이 분명하다.

소연풍의 협박이 아니더라도 도무탄은 소운설을 자신의 여자로 맞이하겠다고 주천강하고도 철썩같이 약속을 했기 때문에 어쩔 도리가 없다.

아름다운 여자를 마다하는 이상한 남자가 세상에 아주 드물게 존재한다는 말은 들은 적이 있지만 다행이도 도무탄은 그런 남자가 아니다.

다만 부인이 세 명이나 있는데도 불구하고 또 여자를 거둔다면 미안하고 죄스러워서 그녀들을 볼 낯이 없다는 것이 그의 소박한 진심이다.

그래서 한사코 소운설을 마다했던 것이지 그녀가 싫었던 것은 아니다. 부인들이 이해만 해준다면 그가 백 여자를 마다하겠는가.

어쨌든 이제는 소운설을 거두고서도 세 명의 부인에게 조금쯤은 덜 미안한 구실이 생겼다.

소운설을 거두지 않으면 죽이겠다고 협박하는 소연풍과 우정을 들먹이면서 그녀를 거두라고 종용하는 주천강의 성화가 바로 그것이다.

그 변명거리가 절대적인 바람막이가 되어주지는 못하겠지만, 최소한 도무탄으로 하여금 세 명의 부인에게 덜 미안하도록 만들어줄 터이다.

아무리 어려운 난관이라고 해도 자신만 속일 수 있다면 그다음에는 별로 문제될 것이 없는 법이다.

다각다각……

도무탄은 줄곧 마차를 타고 파양현까지 왔다. 장님인 태운영과 그녀의 친구 도란을 걷게 할 수는 없기 때문이다.

그는 현 내의 적화루 근처까지 갔다가 마차를 돌려서 망향장으로 향했다.

소운설을 자신의 여자로 맞이하려고 작심을 한 상태에서 그녀를 만나려니까 왠지 낯간지러웠다.

그래서 예전 적화루의 주인 엄홍기가 적화루를 도무탄에게 팔면서 덤으로 끼워주었던 파양호 변의 망향장으로 가기로 했다.

야트막한 언덕에 위치한 제법 큰 규모의 망향장에는 최소한의 숙수와 하녀, 하인 이십여 명을 상주시켜 두었으므로 아무 때나 찾아가도 괜찮을 터이다.

쿵쿵쿵…….

도무탄이 망향장의 전문을 두드리자 잠시 후에 하녀 한 명이 나와 문을 열어주었다.

끼이…….

하녀는 몹시 지치고 힘든 기색이 역력했다.

"누구… 아! 대인……."

그녀는 도무탄을 알아보고는 크게 놀라 눈이 동그래지더니 곧 닭똥 같은 눈물을 뚝뚝 흘렸다.

이곳의 숙수와 하인, 하녀들은 엄홍기가 예전부터 데리고 있던 사람들인데 도무탄이 그대로 물려받았었다.

"왜 그러느냐? 무슨 일이 있느냐?"

도무탄이 안면이 있는 하녀의 어깨를 잡으며 의아한 얼굴로 묻자 그녀는 너무 반갑고 안도한 나머지 그의 품에 쓰러지듯 안기며 낮게 흐느꼈다.

"흐흐흑… 왜 이제야 오셨어요……?"

도무탄은 그녀의 등을 쓰다듬었다.

"무슨 일인지 얘기해 봐라."

파양호에는 수적(水賊)이 많기로 유명하다.

파양호가 비단 바다처럼 넓을 뿐만 아니라 연안에 구불구불한 만곡(彎曲)이 심해서 많은 은신처를 제공하고 있으며, 호수로 유입되는 강이 매우 많은데다 장강하고 연결되어 있는 탓에 줄잡아도 백여 개의 크고 작은 수적 집단이 독버섯처럼 난립해 있다.

한 달쯤 전에 소규모 수적 패거리가 망향장에 약탈을 하러 왔다가 매우 훌륭한 장원에 주인은 없고 숙수와 하인, 하녀들만 있는 것을 보고는 아예 이곳을 자신들의 소굴로 삼아버렸다.

놈들은 낡은 배 한 척으로 노략질을 하러 다니는 작은 패거리인데, 그동안 일정한 소굴도 없이 배에서 생활을 하면서 정처 없이 떠돌다가 망향장이라는 횡재를 만난 것이다.

그때부터 수적들은 망향장에 머물면서 숙수와 하인, 하녀들을 수족처럼 부려먹는가 하면, 수틀리면 두들겨 패는 것은 예삿일이고, 숙수와 하녀 중에서 예쁘장한 여자들을 골라서 강간에 윤간까지 서슴지 않았다.

망향장의 창고와 곳간에는 몇 년을 먹고 쓰고도 남을 곡식과 물건들이 가득 차 있으므로 이들은 이따금 생각나면 수적질을 하러 나갔다.

그리고 그밖에 대부분은 장원에 머물면서 먹고 마시며 숙수와 하인, 하녀들을 괴롭혔다.

망향장 열다섯 채 전각에 흩어져서 뒹굴며 게으름을 피우고 있던 수적들이 하나둘씩 어슬렁거리며 전문이 가장 가까운 전각 앞의 마당으로 모여들었다.

마침내 망향장의 주인이 돌아왔다는 말에 그들은 각자의 무기를 챙겨서 마당에 우글거리고 모였는데 그 수가 삼십오 명에 달했다.

그들은 두 필의 말이 끄는 평범한 마차 앞에 우뚝 서 있는 도무탄이 주인이라는 사실을 알고는 그를 보며 히죽거리기도 하고 건들거리기도 했다.

처음에 그들은 주인이 돌아왔다는 말에 몹시 긴장했으나 주인이라는 자가 허여멀끔한 백면서생 달랑 한 명인 것을 확인하고는 기고만장해졌다.

만약 주인이 호위무사라도 몇 명 거느리고 나타났다면 수적들은 지레 겁을 먹고 도망이라도 쳤을지 모른다. 정식으로 무술을 배운 호위무사에 비해서 수적들은 형편없는 무술을 지녔기 때문이다.

망향장의 숙수와 하인, 하녀들은 모두 나와서 도무탄 뒤쪽 마차의 좌우에 모여 서 있다.

그들은 도무탄이 무림에서 어떤 인물인지는 정확하게 모르지만 대단한 무공을 지녔다는 사실을 어렴풋이 알고 있기에 곧 그가 수적들을 혼낼 것이라고 짐작하여 기대 어린 표정을 지었다.

"클클클… 어린놈아, 네가 여기 주인이냐?"

"우헤헤… 우리가 네놈 장원을 접수했는데 아니꼽냐?"

수적들은 자신들이 쫓겨날 것이라고는 추호도 예상하지 않는 듯 키득거리면서 도무탄을 우롱했다.

뒷짐을 지고 있는 도무탄은 점잖게 말했다.

"모두 무릎을 꿇어라."

"뭐어……."

"허어… 저놈이 미쳤나……."

"이놈아! 네놈이 무릎을 꿇고 목숨을 구걸해야지!"

수적들은 어이가 없다는 듯 저마다 한마디씩 떠들어댔다.

도무탄은 옆을 보며 조금 전에 전문을 열어주었던 하녀에게 물었다.

"어떤 놈이 제일 악행을 저질렀느냐?"

"저기… 저자예요."

하녀는 앞줄에 서 있는 수적 중에서 체구가 큰 깍짓동 같은 자를 가리켰다.

"저놈을 어떻게 했으면 좋겠느냐?"

하녀는 차가운 얼굴로 하늘을 쳐다보며 손으로 가리켰다가 다시 손을 땅으로 향했다.

"하늘로 높이 집어 던졌다가 땅에 패대기를 쳐서 죽이고 싶어요."

"그럼 그렇게 해라."

"네에?"

"네가 방금 손으로 했던 것을 다시 한 번 해봐라."

"이… 렇게요?"

하녀는 의아한 표정을 지으며 손으로 깍짓동을 가리켰다가 다시 하늘을 가리켰다.

휘익―

"으어어……."

그러자 깍짓동이 갑자기 하녀가 가리킨 하늘로 쏜살같이 수직으로 솟구쳤다.

물론 그것은 도무탄이 무형지기로 허공섭물의 수법을 발

휘한 것이다.

"우왓!"

"으아아! 저게 무슨 조화냐?"

수적들은 턱 떨어진 개가 태산 쳐다보듯이 하늘을 올려다보며 비명을 질렀다.

"아아······."

하녀 역시 혼비백산하여 얼굴이 새하얗게 질렸다.

그걸 보고 도무탄이 빙그레 미소 지었다.

"뭘 하느냐? 이제 땅에 패대기를 쳐야지."

"네?"

도무탄의 말에 하녀는 깜짝 놀라서 반사적으로 팔을 땅으로 확 내렸다.

슈웃—

그 순간 허공으로 십오륙 장이나 높이 떠올랐던 깍짓동이 화살처럼 빠르게 땅을 향해 내리꽂혔다.

그 광경을 보면서 망향장 사람들이나 수적들 모두 너무 경악한 나머지 넋을 잃고 말았다.

콰작!

깍짓동은 머리를 아래로 하여 그대로 땅에 충돌하면서 으깨어지는 바람에 비명조차 지르지 못하고 즉사했다.

"아아······."

"으으······."

망향장 사람들이나 수적들 할 것 없이 모두 혼비백산하여 몸을 부르르 떨며 순식간에 공포에 질렸다.

도무탄은 여전히 담담한 얼굴로 수적들에게 타이르듯이 말했다.

"아직도 무릎을 꿇지 않을 테냐?"

"이놈! 뒈져라!"

휘익!

순간 앞줄의 수적 한 명이 수중의 쇠도리깨를 휘두르며 위맹하게 도무탄에게 짓쳐 갔다.

그러나 도무탄은 여전히 뒷짐을 진 채 짓쳐 오는 수적을 물끄러미 바라보기만 했다.

"앗! 대인!"

"피하십시오! 대인!"

망향장 사람들이 놀라서 마구 비명을 질렀다.

뚝.

그런데 덮쳐 오던 수적은 도무탄 서너 걸음 앞에서 달려오는 자세 그대로 정지해 버렸다.

"으으······."

그는 앞으로 나아가기는커녕 몸을 움직이지도 못하게 되자 비지땀을 흘리면서 끙끙거렸다.

우지직!

"끄으……."

갑자기 그의 목이 한 바퀴 빙글 돌면서 목뼈가 완전히 부러졌다. 그는 혀를 빼물고 눈알이 튀어나온 끔찍한 모습으로 즉사했다.

털썩!

그는 목이 꼬인 상태로 땅에 엎어졌으며 쇠도리깨만 허공에 혼자 저절로 둥둥 떠 있게 되었다.

그그극…….

그런데 쇠도리깨가 허공에서 오그라들더니 잠시 후에는 공처럼 동그랗게 뭉쳐졌다가 땅에 떨어졌다.

툭…….

제아무리 무지몽매한 수적들이라지만 일이 이 지경에 이르고 나니까 드디어 눈이 떠졌다.

그들은 도무탄이 무림의 초절정고수라는 사실을 마침내 깨닫고 앞다투어 그 자리에 무릎을 꿇었다.

도무탄은 그들이 망향장을 무단으로 점거하여 소굴로 삼은 것까지는 이해할 수 있다고 해도 숙수나 하녀들을 강간, 윤간한 것은 도저히 용서할 수가 없었다.

그렇기 때문에 마음 같아서는 모조리 목을 비틀어서 죽여야 마땅하지만, 모두의 한쪽 팔을 부러뜨려서 벌을 준 후에 죽은 동료의 시체를 갖고 떠나도록 했다.

망향장에서 가장 전망이 좋은 전각은 파양호가 한눈에 굽어보이는 벽파루(碧波樓)다.

도무탄은 태운영과 친구 도란을 벽파루 꼭대기이며 가장 전망이 좋은 오 층에 묵도록 하고 하녀들을 붙여주어 불편함이 없도록 해주었다.

늦은 점심 식사를 하고 난 그는 괜히 싱숭생숭해져서 정원을 오락가락 거닐었다.

몇 달 동안 그림자처럼 붙어 있던 적유랑하고 잠시 헤어져 있기 때문일지도 모른다.

그러나 더 큰 이유는 파양현에 왔는데 아직 소운설을 만나지 못했기 때문일 것이다.

그녀와의 관계는 앓고 있는 이빨 같은 것이다. 시원하게 처리를 하지 않아서 영 께름칙하다.

일각 정도 더 정원을 서성거리던 그는 결국 현 내 적화루에 가기 위해서 장원을 나섰다.

쏴아아—

도무탄이 망향장을 나선 지 얼마 지나지 않아서 느닷없이 비가 쏟아지기 시작했다. 봄비치고는 소나기에 가까울 정도로 거센 빗줄기다.

그는 무형의 호신막을 머리 위에 만들어서 비를 맞지 않고 현 내에 들어섰다.

현 내는 사람이 많은 곳이라 호신막을 걷고 가게에서 우산을 구해서 쓰고는 적화루로 향했다.

마음 같아서는 허공으로 쏘아 올라서 단숨에 적화루까지 날아가고 싶지만 괜한 소동을 일으키고 싶지 않아서 갑자기 내린 비로 질퍽거리는 길을 걸어갔다.

대로는 넓지만 복판에는 수레나 마차, 말을 탄 사람들이 다니고, 양쪽 길가로 사람들이 밀려나서 가는 바람에 서로 부딪치거나 진흙탕에 넘어지기 일쑤라 여기저기에서 적지 않은 소란이 벌어졌다.

우두두두—

그때 도무탄이 가고 있는 앞쪽에서 한 떼의 인마(人馬)가 폭주해왔다.

매우 복잡한데다가 소나기까지 퍼붓고 있는 대로상이지만 우장(雨裝)을 갖춘 인마들은 아랑곳하지 않고 거칠게 말을 몰아댔다.

대로 복판의 수레와 마차 따위들은 서둘러서 피하느라 때 아닌 아비규환이 벌어졌으며, 십여 명으로 구성된 한 떼의 인마는 거침없이 질주했다.

"여… 여보, 어서……."

그런데 대로 한가운데에서 수레 한 대가 미처 피하지 못하고 허둥거리고 있다.

그 수레는 소나 말이 끄는 게 아니라 한 명의 사내가 끌고 있으며 뒤에서 세 명의 여자가 수레를 밀고 있다.

수레에는 이불과 몇 개의 보따리, 솥 따위의 부정지속(釜鼎之屬)이 실려 있는 것으로 미루어 매우 가난한 집의 이삿짐인 듯했다.

사내는 사람들 때문에 마주 달려오고 있는 인마들을 뒤늦게 발견하고 급히 수레를 옆으로 틀었다. 수레 자체의 무게도 만만치 않은데다 짐까지 실렸는데도 사내는 매우 가볍게 다루었다.

그러나 사내는 자신이 수레를 급히 당기는 바람에 뒤를 밀고 있던 아내와 두 딸이 넘어졌을 것이라는 사실을 한발 늦게 깨닫고 급히 뒤돌아보았다.

시간상 인마들이 지금쯤 아내와 두 딸을 짓밟고 지나갈 것이라는 계산을 한 사내의 얼굴이 해쓱해졌다.

우두두두—

그런데 사내의 앞에 도무탄이 양팔로 세 여자의 허리를 한꺼번에 안고 우뚝 서 있으며, 그 뒤로 십여 필의 인마가 지축을 울리면서 바람처럼 지나갔다.

사내는 도무탄을 발견하고 눈을 화등잔처럼 크게 떴다.

"당신······."

도무탄은 세 여자를 조심스럽게 땅에 내려주고 나서 사내를 보며 빙그레 미소 지었다.

"오랜만이오, 연 형."

가족과 함께 수레를 끌고 가던 사내는 다름 아닌 연운조였다. 삼 년여 전 도무탄이 산서성 태원에서 독고지연, 녹상과 함께 북경으로 가던 도중에 우연히 만났던 사내가 바로 연운조였다.

그 당시에 독고지연은 소림사 십팔복호호법에게 제압되어 끌려갔으며, 녹상은 북경 뇌전팽가의 세 아들에게 중상을 입고 벼랑 아래 강으로 추락했었는데 그 사실을 연운조가 도무탄에게 알려주었었다.

도무탄이 그 사실을 일찍 알았기에 망정이지 아니었으면 독고지연은 십팔복호호법에게 치도곤을 당할 뻔했었다. 그런 점에서 연운조는 도무탄에게 은혜를 베푼 셈이다.

그리고 나서 연운조는 무림에서 집도 절도 없이 떠돌이 생활을 하는 것의 무상함을 깨달았다면서 아내와 딸이 기다리는 고향으로 돌아가겠다고 말했었다.

그는 실제로 자신의 분신 같은 애도를 벼랑 아래로 던져 버리기까지 했었다.

그는 얼굴 왼쪽에 눈썹에서 뺨을 지나 귀에 이르는 길고 보기 싫은 흉터가 있는데 도무탄은 그걸 보고 단번에 그를 알아보았다.

연운조는 단 한 번 잠시 만났을 뿐이며 천하육룡 중에 등룡신권인 도무탄이 친근하게 호형을 하자 크게 놀랐고 또 감격했다.

"대협……."

"대협은 무슨, 그냥 이름을 부르시오."

연운조는 잠시 머뭇거리다가 조심스럽게 입을 뗐다.

"도 형, 여긴 어인 일이오?"

"친구와 볼일을 보러 왔소."

연운조는 자신들이 길 한가운데에서 행인들의 통행을 막고 있다는 사실을 깨닫고 일단 수레를 길가로 빼고 길모퉁이 한적한 곳으로 도무탄을 이끌었다.

"연 형은 이곳에 웬일이오?"

연운조는 대답을 하는 대신 아내와 두 딸을 도무탄에게 인사를 시켰다.

그의 아내는 고생을 많이 한 탓에 남편보다 훨씬 늙어서 흡사 큰누나처럼 보였다.

두 딸은 이십 세와 십팔 세이며 모친을 닮아서 아담한 체구에 예쁘장한 용모를 지녔다.

자신들에겐 아버지가 처음부터 없었던 것처럼 살아오다가 느닷없이 불쑥 돌아온 아버지 때문에 요즘 그녀들은 가난하기는 해도 살맛이 났다.

세 여자 모두 비에 흠뻑 젖어서 물에 빠진 생쥐 꼴을 하고 있는 모습이다.

그런데 비에 젖은 옷이 몸에 찰싹 달라붙어서 봉긋한 젖가슴이며 어깨, 옆구리, 가느다란 허리의 선이 고스란히 드러났다.

"흠. 연 형의 딸들이 천하절색이라는 말은 왜 진작 하지 않았었소?"

두 딸은 도무탄처럼 키 크고 헌앙한 청년을 바라보는 것만으로도 숨이 멎을 지경이라서 조금 전에 그의 품에 안겨 위험에서 벗어난 직후부터 그를 바라보느라 정신이 없는 모습이다.

그런데 그가 '천하절색'이라면서 칭찬을 하자 얼굴이 빨개져서 몸 둘 바를 몰랐다.

"어험! 도 형, 어딜 보는 게요?"

도무탄이 두 딸의 젖가슴을 빤히 주시하는 것을 보고 연운조가 불편한 심기를 드러냈다.

"아… 미안하오. 나도 모르게 시선이……."

도무탄은 머쓱하게 웃으면서 시선을 거두었고, 두 딸은 화들짝 놀라 손으로 가슴을 가리며 몸을 돌렸다.

그러나 이번에는 도무탄의 음험한 시선이 그녀들의 둔부로 향했다. 그곳 역시 흠뻑 젖은 탓에 굴곡이 그대로 드러나 있었다.

"호오… 두 따님은 뒷모습이 더 요염하군."

"어맛?"

"꺅!"

두 딸은 급히 비명을 지르며 두 손으로 둔부를 가리면서 모친 뒤로 숨었다.

좀 야하기는 하지만 이것이야말로 그때그때 시기적절하게 활용되는 도무탄의 친화력이다.

허물없는 장난 덕분에 연운조 가족은 도무탄에 대한 경계심을 쉽게 날려 버렸다.

"점심 식사 했소?"

도무탄이 묻자 연운조와 가족들은 씁쓸한 표정을 지을 뿐 대답을 하지 않았다.

이들은 지금 점심 식사를 하는 것이 문제가 아니라 더 심각한 난관에 봉착해 있다.

"일단 갑시다. 비는 피해야지."

도무탄은 수레의 앞쪽을 잡고 가볍게 끌었다. 가까운 곳에 적화루가 있으므로 이들을 그곳으로 데려가서 따뜻한 식사라도 먹이려는 것이다.

　수레를 적화루 뒷마당에 두고 나서 도무탄은 연운조 가족을 이끌고 적화루로 들어갔다.

　도무탄의 신분을 알고 있는 연운조지만 적화루의 으리으리함에 적잖이 압도당했다.

　그가 그 정도인데 뒤따르는 세 여자는 오죽하겠는가. 그녀들은 두리번거리면서 정신을 차리지 못했다. 더구나 자신들의 몸에서 물이 뚝뚝 떨어져서 바닥을 더럽히자 당황해서 어쩔 줄 몰랐다.

　"아!"

　대낮에 문 여는 소리에 내실 쪽에서 나온 한 여인이 도무탄을 알아보고 소스라치게 놀라더니 급히 그 자리에 무릎을 꿇었다.

　"대인······."

　도무탄은 그녀를 부축해서 일으켰다.

　"운설은 있소?"

　"계십니다. 제가 모셔 오겠습니다."

　"그래주겠소? 우리에겐 방과 요리, 그리고 이 사람들이 갈아입을 옷을 주시오."

　"알겠습니다. 이쪽으로······."

여인은 도무탄 일행을 이 층에서 제일 깨끗하고 큰 방으로 안내하고는 소운설을 부르러 달려갔다.

"도 형, 여기는……."

"적화루라는 기루요."

어리둥절한 표정의 연운조의 물음에 도무탄은 빙그레 미소 지으며 대답했다.

"강서성에 살면서 파양제일루인 적화루를 모르는 사람은 아무도 없을 것이오. 그게 아니라 내 말은 도 형과 이곳이 어떤 관계가 있느냐는 것이오."

"적화루주하고 좀 아는 사이요."

그때 문이 열리고 두 명의 하녀가 몇 벌의 옷을 갖고 들어와 탁자에 내려놓고 나갔다.

"옷이 젖었으니 어서 갈아입으시오."

도무탄은 병풍이 쳐져 있는 곳을 가리켰다.

연운조의 아내와 두 딸은 탁자의 옷을 보고 감히 만지지도 못하고 머뭇거렸다.

그녀들로서는 평생 한 번도 입어본 적이 없는 최고급 비단옷이기 때문이다.

"입어라."

연운조가 고개를 끄떡이자 세 여자는 비로소 옷을 뒤적이면서 골랐다.

옷이 날개라는 말이 괜히 생긴 게 아니다. 세 여자와 연운
조까지 최고급 비단옷으로 갈아입은 모습은 누가 봐도 대갓
집 사람들이다.

"연 형, 어딜 가는 길이오?"

옷을 갈아입느라 한바탕 소동이 가라앉고 모두 탁자에 둘
러앉은 후에 도무탄이 연운조에게 물었다.

연운조는 씁쓸한 표정을 지었다.

"이사를 가는 길이었소."

"어디로 말이오?"

"포구에 일자리가 있는지 알아보고 그곳에 집을 얻을 생각
이오."

그는 아직 일자리를 구한 것이 아니고 집도 얻어놓지 않은
상태였다.

수중에 전 재산 은자 열다섯 냥이 있으며 그것으로 집을 얻
고 일자리를 구하여 녹봉을 받을 때까지 끼니를 이어가야만
하는 상황이다.

도무탄은 문득 좋은 생각이 났다. 연운조는 무림에서 잔혈
도라고 불렸을 정도로 대단한 무공을 지니고 있다. 그러니까
그에게 망향장을 맡기면 도무탄이 떠나더라도 그곳의 식솔들

의 안위를 염려할 필요가 없을 터이다. 그야말로 누이 좋고
매부 좋은 일이다.

"연 형이 날 좀 도와줘야 할 일이 있소."

그의 말에 연운조는 의아한 표정을 지었다.

"무슨 일이오?"

"내가 호숫가에 장원 하나를 샀는데 그곳의 숙수와 하녀
등 식솔이 이십여 명이오."

도무탄은 자신이 볼일을 보러 장원을 비운 사이에 수적들
이 그곳을 차지하고 앉아서 식솔들을 온갖 방법으로 괴롭혔
다는 얘기를 해주었다.

"연 형이 내 장원을 관리해 주지 않겠소?"

연운조의 아내와 두 딸은 두 손을 가슴에 모으고 잔뜩 기대
어린 표정을 지었다.

남편의 친구라는 귀인을 만나서 한 끼 밥과 비단옷을 얻어
입은 것도 고마운데 일자리마저 주겠다니 꿈을 꾸는 것만 같
았다.

"나더러 그 장원의 집사(執事)가 돼달라는 말이오?"

"말하자면 그렇소."

연운조는 도무탄이 자신을 도와주려고 한다는 사실을 깨
달았다.

"나는 집사 같은 거 해본 적이 없소."

그의 자존심이 꿈틀거렸다. 그렇게 퉁기면서도 그는 자신이 이럴 때가 아니라는 사실을 깨닫고 있었다.

"그냥 장원의 식솔들을 보호해 주기만 하면 되오. 나머지는 그들이 다 알아서 할 것이오."

"여보……."

"아버지……."

아내와 두 딸은 연운조가 거절할까 봐 조마조마한 표정으로 그를 불렀다.

"거처와 생활에 필요한 모든 것을 대주겠소. 그리고 녹봉은 열 냥으로 정하겠소."

세 여자는 자신들도 모르게 자리에서 일어섰으며 두 눈이 화등잔처럼 커졌다.

연운조가 다행이 포구에서 일자리를 얻는다고 해도 한 달 녹봉으로 은자 석 냥을 받으면 다행이다.

그것도 숙식 같은 것 제공 없이 녹봉만 달랑 주는 것이다. 그러니 그 석 냥으로 집세도 내야하고 먹고사는 것까지 해결해야만 한다.

그런데 도무탄은 생활에 필요한 모든 것을 다 제공해 주고서도 열 냥을 주겠다는 것이다.

"아! 깜빡했소."

도무탄이 손가락 하나를 세웠다.

"내가 말하는 금액은 금화요. 사업을 하다 보면 금화로 거래하는 것이 습관이라서……."

은자로 열 냥이라고 해도 많은데 금화라니, 금화 열 냥이면 은자로 무려 오백 냥이다.

"도 형……."

연운조는 고마우면서도 착잡한 표정을 지었다.

그러자 도무탄이 그의 손을 덥석 잡고 흔들었다.

"수락해 줘서 고맙소. 연 형이 장원을 맡아주면 나는 정말 마음 편하게 돌아다닐 수 있을 것이오."

"아아… 여보……."

"아버지……."

아내와 두 딸은 천당에 오른 듯한 표정으로 두 손을 모으고 눈물을 흘렸다. 그동안 고생이 막심했던 만큼 지금의 행운이 꿈만 같았다.

세상천지에 각전 한 푼 빌려주는 사람이 없을 정도로 각박하기만 한데, 이런 크나큰 은혜를 베풀다니, 도무탄이 신선으로 보일 정도다.

연운조는 눈물이 날 정도로 도무탄이 고마웠다. 그는 이십 년 가까이 무림을 떠돌면서 숱한 사람을 만나고 사건에 휘말렸었지만, 이제 와서 생각해 보니 그중에서 가장 잘한 한 가지는 도무탄을 만났던 일이다.

쿵쾅쿵쾅······.

그때 바깥에서 누군가 계단을 달려 내려오고 이어서 복도
를 달리는 발소리가 요란하게 들렸다.

왈칵!

"탄 랑!"

그러더니 문이 부서질 듯이 열리며 소운설이 저돌적으로
달려 들어와 그대로 도무탄의 품에 안겼다.

"으흐흑! 탄 랑! 돌아오셨군요!"

그녀는 두 팔로 그의 목을 감고 매달려서 가슴에 얼굴을 묻
으며 흐느껴 울었다. 그 모습은 마치 어린 딸이 오랫동안 떨
어져 있다가 다시 만난 아버지가 반가워서 응석을 부리는 것
처럼 보였다.

도무탄은 잠시 그녀의 등을 쓰다듬으면서 안고 있다가 떼
어놓았다.

"운설아, 연 형과 가족에게 인사해라."

연운조와 가족들은 소운설이 갑자기 뛰어 들어와 도무탄
에게 안기는 바람에 그녀를 제대로 보지 못했었는데, 이윽고
그녀가 눈물이 그렁그렁 고인 커다란 눈을 하고서 도무탄에
게 이끌려 돌아서자 그녀의 절세적인 미모에 아연실색하고
말았다.

"소운설이에요."

그러나 연운조와 가족들은 그녀의 미모에 넋이 빠져서 아무도 입을 열지 않았다.

소운설은 도무탄의 팔을 자신의 가슴에 꼭 안고는 매달리듯 하며 미소 지었다.

"탄 랑, 이분들은 이름이 없나 봐요."

그 말에 연운조가 번쩍 정신을 차렸다.

"여… 연운조요."

연운조와 가족들이 겨우겨우 자신들의 이름을 밝히고 나자 소운설이 도무탄의 무릎에 냉큼 앉았다.

도무탄이 반짝 들어서 내려놓으니까 또다시 무릎에 앉기에 그는 허허 웃고 그만두었다.

"이 녀석이 바로 적화루주요."

"아……."

도무탄의 말에 다들 넋이 나간 듯 소운설을 바라보았다.

두 딸 중에 작은 딸이 꿈을 꾸는 듯한 얼굴로 소운설을 바라보며 중얼거렸다.

"적화루의 적화가 강서성에서 제일 아름답다고 하더니 과연 그렇군요……."

도무탄은 벙긋 웃었다.

"천하제일의 미녀가 누구요?"

"그야… 천하이미인 천상옥화와 우란화지요."

이번에는 큰 딸이 대답했다.

철썩!

"아얏!"

"이 녀석이 바로 우란화요."

도무탄이 소운설의 둔부를 두드리면서 말하자 다들 정신
이 나가 버린 표정이 되었다.

그러자 소운설이 입술을 삐죽거렸다.

"흥! 탄 랑 첫 번째 부인은 천상옥화 독고지연이잖아요? 소
녀 같은 게 탄 랑 눈에 차기나 하겠어요?"

연운조 등은 아예 기함을 할 만큼 혼비백산했다.

"천하이미를……."

第百十三章

생불(生佛)

연운조와 가족들은 망향장의 굉장한 규모에 압도당하여
아무 말도 하지 못했다.

도무탄이 장원을 맡아서 관리해 달라고 할 때는 그저 전각
대여섯 채 정도의 소규모를 짐작했었다. 파양현 내에 있는 보
통 장원들이 거의 그런 규모다.

그런데 이건 크고 작은 전각만 오십여 채에 담 둘레만 이
리(里)에 달해서 걸어서 한 바퀴 돌려면 반 시진이나 걸리니
이 정도면 성(城)이라고 해야 한다. 보통 장원의 열 배 이상의
규모다.

도무탄은 망향장의 식솔을 빠짐없이 모두 모아놓고 연운
조를 소개했다.

"여기에 있는 이 사람 연운조는 내 친구로서 오늘부터 망
향장의 총관(總管)으로 임명했다. 모두들 날 대하듯이 잘 따
르도록 하라."

연운조와 가족들은 깜짝 놀랐다. 적화루에서는 장원의 집
사가 돼달라고 하더니 지금은 총관이란다. 불과 반 시진 사이
에 빠른 승진을 해버린 것이다.

"총관께 인사드립니다!"

식솔들이 옷깃을 여미고 나서 연운조에게 일제히 허리를
굽히며 인사를 했다.

도무탄은 연운조와 가족들에게 숙수와 하인, 하녀들을 일
일이 소개해 주었다.

"연 형네는 여길 쓰도록 하시오."

도무탄은 연운조와 가족을 망향장 뒤쪽에 호수가 바라보
이는 전망 좋은 이 층 전각으로 데려갔다.

"설마… 여길 다 쓰라는 말이오?"

"그렇소. 보는 것처럼 그다지 크지는 않소. 그러니까 우선
사용해 보고 작은 것 같으면 옆의 전각을 한두 채 더 사용해
도 되오."

"아… 아니오. 이거면 충분하오."

연운조는 화들짝 놀라서 마구 손사래를 쳤다.

도무탄이 내어준 전각은 아담하지만 이 층이기 때문에 적게 잡아도 방이 열다섯 개 이상은 족히 되고도 남을 터이다. 가족 네 명에게 그게 부족하다면 말이 안 된다. 한 명이 방 세 칸씩 써도 남을 것이다.

도무탄은 전각 뒤로 연운조와 가족을 이끌고 가서 놀고 있는 밭과 호수 쪽을 번갈아 가리켰다.

"이곳의 밭은 몇 년 동안 묵혔는데, 연 형네가 소일거리로 농사를 지어도 되오. 물론 소출은 모두 연 형네가 갖도록 하시오. 그리고 저 아래 전용 포구에는 내 소유의 배가 세 척 있으니 그걸 마음대로 사용해도 되오."

연운조는 삼 년여 전에 무림을 떠나 고향인 이곳 파양현 집으로 돌아왔으나 싸우거나 사람을 죽이는 것 외에는 할 줄 아는 게 없어서 고생만 죽어라 했으며 돈은 제대로 벌지도 못해서 늘 가난을 벗어나지 못했었다.

이대로 가장 노릇도 제대로 못하면서 죽을 때까지 가족들을 헐벗게 만들어야 하는 것인지 절망에 빠져 있을 때 던져진 도무탄의 은혜는 은혜 그 이상의 가치를 지녔다. 한 가족 네 명의 생명을 구해준 것이다.

"대협……."

그는 목이 잠겨서 말을 잇지 못했다. 또한 그는 도무탄에게 도저히 호형을 할 수가 없었다. 죽을 때까지 갚지도 못할 은혜를 베푼 그를 감히 도 형이라고 부르는 게 죄를 짓는 것만 같았다.

세상천지에 어디 한 군데 기댈 곳 없는 그에게 도무탄은 너무도 큰 은혜를 베풀고 있다.

두 사람의 인연이라면 삼 년여 전에 잠깐 만나서 몇 마디 말을 나눈 것이 전부였었다.

"어이해 내게 이런 큰 은혜를 베푸는 것입니까?"

도무탄은 담담히 미소를 지었다.

"연 형이 아직도 무림을 떠돌고 있었다면 나는 연 형을 모른 체했을 것이오."

그는 눈물을 흘리면서 꿈을 꾸는 듯한 표정을 짓고 있는 세 여자를 가리켰다.

"사람에게 가장 소중한 것은 명예도 재물도 아닌 가족이오. 가족에게 절대로 소홀하지 마시오."

연운조의 두 눈에 부옇게 물기가 차올랐다. 곧 눈물이 될 것 같지만 그는 그냥 내버려두었다.

그는 평생 울어본 적이 없지만 지금 같은 상황에서는 울어도 좋다고 생각했다.

오늘은 그의 일생에 일어난 수많은 일 중에서 최고로 축복

받은 날이다.

어두워지기 전에 소운설과 사촌인 소효령, 소당림이 함께
망향장에 왔다.

도무탄은 자신이 거처로 사용하고 있는 전각의 삼 층에서
소운설 삼 남매와 연운조 가족을 모두 불러서 저녁 식사 겸
술을 마시기로 했다.

오늘 낮에만 해도 비를 쫄쫄 맞으면서 수레를 끌고 밀며 포
구로 일자리를 찾으러 갔던 연운조와 가족은 불과 한나절 만
에 신세가 완전히 폈다.

만약 파양현 내 대로상에서 도무탄을 만나지 못했다면 연
운조 가족의 고생은 지금도 진행 중일 것이다.

호수로 향해 있는 넓은 노대(露臺:발코니)의 문을 활짝 열었
기 때문에 파도 소리가 들리는 호수가 한눈에 내려다보일 뿐
만 아니라 밤하늘에 박아 넣은 것 같은 수많은 잔별은 쏟아져
내릴 듯 총총했다.

실내의 여기저기에 커다란 화로를 놓고 활활 불을 지피고
있기 때문에 무공을 모르는 연운조의 아내와 두 딸은 추위를
느끼지 않았다.

하녀들이 들락거리면서 갖가지 요리를 가져와 둥글고 커
다란 탁자에 가득 늘어놓았다.

이런 진수성찬은 연운조와 가족들에겐 태어나서 처음 받아보는 호사다.

"듭시다."

도무탄은 먹기를 권하며 연운조 가족을 편하게 해주려고 먼저 젓가락질을 했다.

"그런데 대협, 가셨던 일은 어떻게 됐습니까? 수라마룡은 구했습니까?"

소당림이 진작부터 궁금하게 여겼던 것을 기회를 봐서 조심스럽게 물었다.

소씨 남매들은 도무탄과 소연풍, 주천강이 위험에 빠진 수라마룡을 구하러 간 것으로 알고 있었다.

도무탄은 연운조 가족에게 먼저 양해를 구했다.

"무림 얘긴데 괜찮겠소?"

"아유… 무슨 말씀이든 하세요. 무림이 아니라 지옥 얘기라도 괜찮아요."

조금 기가 살아난 연운조의 아내는 손사래를 치며 배시시 미소 지었다. 늙은 얼굴에 피어난 미소가 한없이 아름답고 사랑스러웠다.

소운설은 도무탄 옆에 그림자처럼 찰싹 달라붙어 앉아서 술을 따라주는가 하면 그가 술을 마시는 동안 젓가락으로 맛있는 요리를 집어 들고 대기하고 있다가 얼른 그의 입에 넣어

주었다.

그리고는 그가 맛있게 오물오물 먹으면 더없이 행복한 표정을 지었다.

사람들이 보기에 두 사람은 부부나 다름이 없었다. 특히 아무것도 모르는 연운조와 가족들은 두 사람이 부부라고 오해를 했다.

도무탄은 연운조와 소당림, 소효령 등에게 두루 잔을 들어 보이고 나서 단숨에 마셨다.

"유랑하고 파양현에 같이 돌아왔네."

"유랑이 누굽니까?"

"수라마룡 이름이 적유랑일세. 나하고 친구가 됐네. 그는 수라전에 볼일을 보고 나서 날 만나러 올 거야. 그 후에 우린 같이 북경에 가기로 했네."

"그러셨군요."

연운조는 정신이 없어서 맛있는 요리가 제대로 목구멍으로 넘어가지 않았다.

도무탄의 입에서 어마어마한 얘기가 나오고 있기 때문에 완전히 압도당한 탓이다.

"연풍 오라버니는요?"

소운설이 궁금한 듯 물었다.

"연풍과 천강은 영능을 추격하러 갔어."

"영능이 도주했나요?"

도무탄은 호북성 번성현에서 시작되어 안휘성 천주산에서 끝난 절세불련과의 치열했던 싸움에 대해서 간략하게 설명을 해주었다.

"흑흑… 그랬었군요…….."

소운설은 도무탄이 벽력탄에 중상을 입고 혼절했다는 대목에서부터 이미 눈물바람이다.

갈가리 찢어진 몸뚱이의 그를 적유랑이 안고 필사의 도주를 했다는 대목에서 그녀는 비명을 지르면서 마치 혼절할 것처럼 울어댔다.

그 모습을 보고 도무탄은 그녀가 사랑스러워서 그녀를 자신의 여자로 받아들이겠다는 결심을 다시 굳혔다.

연운조는 삼 년여 전에 도를 버리고 무림을 떠난 이후 무림하고는 벽을 쌓고 살았기 때문에 무림에 대해서는 거의 모르고 있다.

다만 무림인이 아니더라도 알 수 있는 소문은 그저 풍문으로 들어서 몇 가지를 어렴풋이 알고 있다.

예를 들자면 천하육룡이 누구누구이며, 절세불련이니 동무림이니 하는 것들이다.

그런데 그가 대충 듣기만 해도 도무탄의 입에서 나오는 얘기들이란 하나같이 무림의 사활이 걸린, 그리고 무림을 놓고

244 등룡기

한판 승부를 펼치는 중대한 것이다.

연운조는 무림에서 활동했을 때 잔혈도라는 별호로 쟁투 십오급의 일상급 정도의 명성을 누리며 제 딴에는 어깨에 힘 좀 주고 다녔었다.

그렇지만 도무탄 앞에서는 명패조차 내밀지 못한다는 사실을 절실하게 깨달았다.

연운조는 일개 지방조차도 주름잡지 못했었는데 도무탄은 무림 전체를 들었다 놨다 하고 있다.

"설아, 해룡방이 현 내에 웬만큼 자리를 잡았느냐?"

소운설은 도무탄 어깨에 뺨을 비볐다.

"네. 해룡방 내상단과 외상단이 현 내 곳곳에 어느 정도 자리를 잡았으며, 내상단은 전장을 비롯한 열다섯 개의 점포를, 외상단은 포구에 점포와 창고, 다섯 척의 거선(巨船)을 구입했어요."

소운설은 대답을 달달 외우고 있었던 것처럼 또랑또랑하게 대답했다.

"보름쯤 전에 해룡방 파양지부주로 임명된 사람이 소녀에게 인사를 하러 왔었어요. 탄 랑이 그러라고 시켰나요?"

"내가 그럴 정신이 있었겠느냐?"

"참, 그렇겠군요. 그런데도 파양지부주가 선물을 잔뜩 갖고 인사를 와서 소녀를 여왕처럼 떠받드는 통에 너무 행복했었어요."

"그랬구나."

도무탄은 고개를 끄떡인 후에 소효령을 보면서 연운조를 가리켰다.

"효령 누님, 조만간 연 형을 파양지부주에게 소개해 주었으면 좋겠소."

그가 누님이라고 부르자 소효령은 깜짝 놀라 발딱 일어나 기쁨으로 얼굴을 붉혔다.

"알겠어요."

이번에는 연운조에게 말했다.

"앞으로 파양지부주가 망향장에서 필요한 경비와 녹봉을 지급할 것이오."

"알겠소."

"연 형이 파양지부에서 돈을 수령하여 이곳 식솔들의 녹봉을 나누어주도록 하시오."

연 형은 적잖이 놀랐으나 곧 고개를 숙였다.

"그리도록 하겠소."

"호위무사를 몇 명 채용하면 장원을 돌보는 일이 한결 수월할 것이오. 그리고 숙수와 하녀, 하인들을 더 채용하는 것도 연 형의 재량이오."

도무탄은 손을 뻗어 연 형의 어깨를 두드렸다.

"당분간 편안하게 지내면서 두루 안계를 넓혀보도록 하시오. 그런 연후에 연 형이 무엇을 하고 싶은지 결정하면 내가 돕도록 하겠소."

쿵!

"대협, 나는 정말……."

연운조는 탁자에 이마를 박으며 또다시 흐르는 눈물을 억제하지 못했다.

"그러나 무림에 개입하는 것은 절대 안 되오. 이제부터 연 형의 임무는 가족을 돌보는 것이오."

연운조는 탁자에 이마를 댄 채 가늘게 몸을 떨고, 그의 아내와 두 딸은 젓가락을 내려놓고 흐르는 눈물을 주체하지 못했다.

술이 꽤 취한 도무탄은 자신의 방으로 돌아와 침상에 대자로 누워서 천장을 멀뚱거리며 쳐다보고 있었다.

거하게 마시고 났더니 아무 생각도 나지 않고 머리가 텅 빈 것 같았다.

아니, 어떤 생각 하나는 머리에서 한시도 떠나지 않았다. 오늘 밤에 소운설을 어떻게 하든지 자신의 여자로 만들어야 한다는 엉큼한 각오다.

사륵—

그때 문이 약간 열리고 소운설이 안으로 얼굴을 살짝 밀어넣었다.

"소녀 오늘 밤에 여기에서 자면 안 돼요?"

이심전심 도무탄의 마음이 그녀에게 전해졌나 보다. 그녀도 술이 취해서 얼굴이 발그레했다.

"이리 와라."

도무탄이 누운 채 말하자 그녀는 환한 얼굴로 문을 닫고는 쪼르르 침상으로 달려와 누워 있는 그의 몸 위로 폴짝 뛰어올라 엎드렸다.

픽······.

"어이쿠, 이 녀석 무겁다."

"헤헤··· 요즘 살 쪘어요."

소운설은 빨간 혀를 내밀고는 그의 어깨에 뺨을 대고 눈을 감았다.

자신의 풍만한 가슴이 그의 가슴에 짓눌린 것이 생생하게 느껴지니까 왠지 안심이 되었다.

단 한 차례도 남자 경험이 없는 그녀가 도무탄에게만은 어째서 이토록 적극적인지 그녀 자신도 이해하지 못한다. 하지만 이렇게라도 하지 않으면 그를 영영 놓쳐 버릴 것만 같고 또 너무나 답답해서 미쳐 버릴 것만 같았다.

도무탄을 죽도록 사랑하니까 어떻게든지 어떤 희생을 치

르더라도 그와 함께 있고 싶은 그녀다.

그가 자신을 거두지 않을 것이라는 사실을 잘 알면서도, 이렇게 몸이라도 포개고 숨결이라도 느끼면서 그를 느껴보고 싶은 것이다.

천하의 숱한 사내들이 단 한 번이라도 먼발치에서나마 그녀의 자태를 보고 싶어서 안달복달하지만, 그녀의 눈에는 오로지 도무탄만 남자로 보이고 그를 위해서라면 무엇이든 할수가 있다.

사막을 건너느라 온몸의 수분이 다 빠졌을 때에는 물을 벌컥벌컥 마셔줘야만 보충이 된다.

그런데 솜이나 헝겊에 물을 묻혀서 혀로 할짝할짝 핥으면 그게 무슨 소용이 있겠는가.

지금 소운설이 딱 그런 심정이다. 속이 뻥 뚫리도록 시원한 물을 실컷 마셨으면 좋겠는데, 그저 겨우 한 방울씩 미지근한 물로 입술만 축이고 있으니 이러다가 애가 타서 죽을 지경이다.

"설아."

도무탄은 자신을 마주 보고 엎드린 소운설의 둔부를 만지작거리며 불렀다.

"네?"

그는 부시럭거리면서 소운설의 긴 치마를 허리 위로 둘둘 말아서 올렸다.

그가 속곳마저도 벗기자 그녀는 소스라치게 놀라 가늘게
몸을 떨었다.

"탄 랑, 뭐 하려고……."

"너 내 여자가 되라."

"네에?"

소운설은 그게 무슨 소린지 정신을 차리지 못하고 상체를
발딱 일으켜 앉았다.

그녀는 너무 엄청난 말을 들었기에 도무탄이 서둘러 자신
의 바지를 벗는 것도 알지 못했다.

"무슨 말인지 모르겠느냐?"

"네……."

"내 여자, 내 부인이 돼달라는 말이다."

"아아……."

그녀는 크게 놀라서 눈을 동그랗게 뜨는데 어느새 두 눈에
눈물이 가득 고였다.

"정말이에요?"

"그래. 하지만 그전에 해야 할 일이 하나 있다."

"뭔데요?"

"……."

그 순간 그녀는 거대한 무언가가 자신의 몸속으로 묵직하

게 밀고 들어오는 것을 느꼈다. 그리고 그것이 무엇인지는 그 다음에 깨달았다.

그녀는 두 손으로 힘껏 도무탄의 가슴을 쥐어뜯으면서 이를 악물고 신음을 흘렸다.

"아아… 나… 죽어요……."

$$*\qquad *\qquad *$$

도무탄을 비롯한 사룡이 번성 대홍산에서 절세불련과 벌인 전쟁과도 같았던 싸움은 일파만파 천하로 퍼져 나가 오래지 않아서 세상을 떠들썩하게 만들었다.

사룡 중에서도 특히 등룡신권 도무탄의 명성이 천지를 진동시켰다.

등룡신권이 절세불련의 중추 역할을 하던 팔대문파를 설득해서 모두 탈퇴를 시켰다는 소문은 삽시간에 천하로 퍼져 나갔다.

그리고 중상을 입고 도주하는 절세불룡 영능을 무적검룡과 독보창룡이 추격을 하고 있다는 얘기는 무림에서 모르는 사람이 없을 정도가 되었다.

후세의 사가(史家)들에 의해서 '대홍육룡전(大洪六龍戰)'이라고 불리게 될 그날의 일로 인하여 무림에서는 여러 가지 크고 작은 사건과 반향들이 나타났다.

　그중에서 가장 두드러진 두 가지 현상의 하나가 절세불련에 속해 있던 맹도군들의 탈퇴가 한꺼번에 줄을 잇고 있다는 것이다.

　그리고 또 하나는 천하 각 지역의 방파와 문파들이 모여서 작은 맹들을 결성하고 있다는 사실이다.

　그것은 자구책의 일종이다. 추후 절세불련이 공격을 해올 경우에 대비한 것이다.

　　　　　　*　　　*　　　*

　다각다각…….

　한 무리의 인마와 마차가 관도를 따라서 북상하고 있다.

　파양호를 출발한 지 열흘, 도무탄 일행은 안휘성을 지나 산동성 경내로 들어서 있다.

　두 필의 말이 끄는 큼직한 갈색 마차 한 대와 말을 타고 있는 두 사람이다.

　마부석에는 소효령과 소당림이 나란히 앉아서 마부 노릇을 하고 있다.

　그리고 마차 앞에 나란히 가고 있는 두 필의 준마에는 도무탄과 적유랑이 타고 있으며, 마차 뒤꽁무니에는 한 필의 말이

묶여서 따른다.

마차 안에는 소운설과 태운영, 도란 세 여자가 있다. 소운설은 조금 전까지 말을 타고 도무탄과 나란히 갔었는데 갑자기 마차 안에 들어가 버렸다.

이들은 북경으로 가는 중이다. 무정혈룡과의 대결도 중요하지만 도무탄의 세 아내가 그곳에 있으니 일이 끝나면 당연히 집으로 돌아가야 하는 것이다.

"탄 랑, 좀 쉬었다 가요."

마차의 작은 창이 열리고 소운설이 하얀 얼굴을 내밀며 도무탄에게 외쳤다.

도무탄 옆에서 나란히 말을 타고 가던 소운설이 갑자기 마차 안으로 들어갔었던 이유는 점심 식사를 준비하기 위해서였다.

소당림은 길가에 마차를 벽처럼 세워서 관도하고 차단을 시켜놓고서, 그 옆 바닥에 푹신한 호피 여러 장을 깔아 편안한 자리를 만들었다.

소운설은 소효령의 도움을 받아 불을 피우고 솥을 걸어 가지고 온 요리들을 데워냈다.

가운데는 몇 가지 요리와 술이 푸짐하게 차려졌고 일행은 주위에 빙 둘러앉아 식사를 시작했다.

언제나 그랬듯이 소운설은 도무탄 옆에 붙어 앉아서 그의 식사 시중을 드느라 정신이 없다. 그녀의 눈에는 다른 사람은 보이지 않는 것 같았다.

열흘 전 파양현을 떠나기 전날 밤에 몸도 마음도 완벽하게 도무탄의 여자가 된 다음 날부터 소운설은 그의 부인처럼 행동하고 있다.

그리고 도무탄도 그게 좋은지 연신 허허 웃으면서 시중을 받았다.

소운설은 도무탄의 왼쪽에 앉아 있으며 그녀 옆에 소효령과 소당림이 앉았다.

그리고 도무탄 오른쪽에 적유랑이 앉았는데, 그곳에 앉으면 도무탄에 가려서 소운설이 보이지 않는다. 그래서 적유랑이 거기에 앉은 것이다.

그는 한때 소운설, 아니, 기녀 시절의 적화를 혼자서 짝사랑 했었으므로 아직은 앙금이 남아서 그녀를 똑바로 쳐다보지 못한다.

도무탄이나 소운설이 그것에 대해서는 추호도 신경을 쓰지 않고 있는 것이 고맙기도 하면서 한편으로는 못마땅하기도 했다.

자신이 그처럼 무가치한 존재인가 하는 초라함 때문이다. 말하자면 자격지심이다.

그리고 도무탄의 맞은편에 태운영과 도란이 앉았으며, 장님인 태운영을 위해서 도란이 하나에서 열까지 그녀의 손과 발이 돼주었다.

도무탄 등은 아무도 태운영과 도란을 인질처럼 함부로 다루지 않았고 오히려 동료처럼 대했지만 두 여자는 자기들 스스로 알아서 인질처럼 굴었다.

출발한 이후 한마디 말도 하지 않았으며, 용변을 볼 때만 도란이 말을 했고 그러면 소효령이 그녀들을 따라갔다가 용변을 보고 나서 돌아오곤 했다.

도무탄은 적유랑과 주거니 받거니 술을 마시고 있는데 보이지 않아서 행동이 부자연스러운 태운영이 갑자기 그릇을 떨어뜨렸다.

쨍—

"아… 죄송합니다."

그릇이 깨지지는 않았으나 태운영은 머리를 조아리면서 어쩔 줄을 몰랐다.

도무탄은 쥐고 있던 술잔을 입안에 털어 넣고 나서 그녀를 쳐다보았다.

"태어날 때부터 맹인이었소?"

"아… 저는……."

곱고 수려한 외모에 보이지는 않지만 크고 서늘한 눈을 지난 태운영은 당황하여 더듬거렸고, 도란이 떨어뜨린 그릇을 줍고 흘린 밥을 치우면서 대신 대답했다.

"오 년 전쯤에 정신적인 큰 충격을 받고는 갑자기 눈이 멀었어요."

다들 태운영을 주시했다. 무슨 일로 충격을 받았는지는 묻지 않았으나 실명을 할 정도였다면 필경 죽을 정도로 큰 충격이었을 것이라 추측했다.

도무탄은 아무 말도 아무런 행동도 취하지 않고 물끄러미 태운영을 응시했다.

그는 문득 도란이 그녀의 손바닥에 손가락으로 뭐라고 글씨를 쓰는 것을 보았다.

그래서 그것이 지금 상황에 대해서 글로 설명을 해주는 것이라는 생각이 들었다.

"잠깐 이리 와보시오. 아니, 내가 가겠소."

슥—

도무탄은 태운영의 상태를 한 번 살펴보려고 그녀를 오라고 했다가 그녀가 맹인이라는 사실을 깨닫고 자리에서 일어나 그녀에게 갔다.

어쩌면 용천기로 치료하여 그녀가 다시 볼 수 있지 않을까 생각했다.

그녀가 무정혈룡의 누나라는 생각은 들지 않고 그저 앞을

못 보는 가련한 여인으로만 생각한 것이다.

도란이 태운영의 손바닥에 지금 상황에 대해서 미처 설명을 다 써주기도 전에 도무탄은 태운영 옆에 털썩 주저앉으며 그녀의 손목을 덥석 잡았다.

"아······."

"두려워하지 마시오. 해치지 않을 것이오."

태운영이 화들짝 놀라자 도무탄이 부드러운 목소리로 안심시켰다.

태운영은 두려우면서도 가만히 손목을 내맡긴 채 웅송그리고 있지만, 도란은 경계의 표정으로 도무탄에게서 시선을 떼지 않았다.

"아······."

그런데 갑자기 태운영이 부르르 몸을 떨면서 나직한 탄성을 터뜨렸다. 도무탄이 그녀의 손목을 통해서 용천기를 주입했기 때문이다.

"무슨 짓을 하는 거예요? 당장 손을 놔요!"

그러자 도란이 발칵 외치면서 품속에서 흰 단검을 꺼내 도무탄을 겨누었다.

쟁—

"아······."

하지만 소당림이 재빨리 검을 뽑아 그녀의 단검을 가볍게 쳐내자 빙글빙글 돌아 저만치 나무에 꽂혔다.

"목을 자르기 전에 가만히 있도록 하시오."

소당림은 검의 옆면으로 하얗게 질린 도란의 목을 가볍게 툭 치고는 검을 거두었다.

"으으으……."

그런데 태운영은 상체를 마구 떨면서 고통스러운 신음을 토해냈다.

도란은 그 모습을 보면서도 함부로 발작을 하지 못하면서 안타까움에 눈물을 펑펑 흘렸다.

그때 갑자기 태운영의 커다란 두 눈에서 피가 후두둑 마구 흘러내렸다.

피눈물을 흘리는 것이다. 도대체 어떻게 했기에 피눈물을 흘리는 것인가.

"아악! 영아! 네 눈에서……."

그 모습을 보고 도란은 누가 목을 조르는 것처럼 자지러지는 비명을 질렀다.

"으으으……."

태운영은 두 손을 뻗어 한손으로는 도란의 어깨를, 다른 손으로는 도무탄의 손을 잡고 잔뜩 힘을 주며 계속 고통에 찬 신음을 흘렸다.

그녀는 망향장에서 출발하기 전에 소효랑이 내준 흰옷으

로 갈아입었는데, 두 눈에서 흐른 핏물 때문에 옷이 시뻘겋게
물들어서 보기에도 끔찍했다.

도무탄이 태운영을 죽이고 있는 것이라고 철석같이 믿고
있는 도란은 비 오듯이 눈물을 흘리면서 표독하게 도무탄을
쏘아보았다.

"제 발로 볼모가 되겠다고 따라나선 사람을 해치다니… 그
러고도 네놈이 인간이냐?"

"아아……."

그때 갑자기 태운영이 탄성을 터뜨렸다. 지금까지는 고통
에 가득 찼던 신음이었다면 방금 것은 놀라움, 그리고 환희가
진득하게 배인 탄성이다.

그녀의 두 눈에서는 이제 더 이상 피눈물, 혈루(血淚)가 흐
르지 않았다.

그 대신 맑고 투명한 눈물이 가득 차 있다. 그러나 그녀가
눈을 커다랗게 뜨고 몇 번 깜빡거리자 눈물이 방울방울 굴러
떨어졌다.

"아아……."

그녀는 두리번거리면서 마치 둘러앉은 사람들을 살펴보는
것 같은 행동을 취했다.

그러다가 이윽고 자신의 바로 오른쪽에 앉은 도무탄에게
서 시선이 멈추었다.

도무탄은 빙그레 엷은 미소를 지으며 잡고 있던 그녀의 손목을 비로소 놓아주었다.

"밝은 세계에 다시 온 것을 환영하오."

그녀의 행동을 보고 눈이 고쳐졌다고 확신한 것이다.

"아아······."

태운영은 도무탄을 보면서 이끌리듯 손을 내밀어 그의 손을 꼭 잡고 잠시 멎었던 눈물을 다시 흘렸다.

그녀는 다시 떠진 눈으로 볼 것이 많을 텐데 도무탄의 손부터 잡고 감격했다.

"어떻게 그럴 수 있는 건가요?"

"뭐가 말이오?"

그녀가 떨리는 목소리로 묻자 도무탄은 빙그레 미소 지으며 되물었다.

"제 눈을 뜨게 해주신 것도 놀랍지만······."

옆에서 긴가 민가 하는 표정을 짓고 있던 도란은 그녀의 말에 크게 놀라 펑펑 눈물을 쏟기 시작했다.

"영아······."

태운영의 눈에서 더욱 눈물이 쏟아졌고 도무탄의 손을 잡은 손에 더욱 힘을 주었다.

"볼모인 저 같은 것에게 이런 은혜를 베푸시다니··· 그게 더욱 놀라워요."

도무탄은 빙그레 부드러운 미소를 지었다.

"죄가 미운 것이지 사람이 미운 게 아니오."

"정말……."

그의 말에 태운영뿐만 아니라 조금 전까지만 해도 도무탄을 죽이겠다고 악을 쓰고 설쳤던 도란마저도 눈물을 흘리며 크게 감동했다.

그리고 적유랑과 소운설, 소효령, 소당림도 도무탄의 사람됨을 익히 알고 있었으나 이 일로 인해서 그에게 새삼 감동을 받았다.

태운영은 도무탄의 손을 놓고 두 손을 합장하면서 살포시 고개를 숙였다.

"당신은 생불(生佛)이에요."

그녀의 말을 모두들 공감했다.

第百十四章

허를 찔리다

도무탄 일행은 북경을 오십여 리 남겨둔 지점에서 청천벽력 같은 소식을 들었다.

　　개방 방주의 제자이며 도무탄의 친구인 군림방개가 도무탄이 북경으로 오고 있다는 소식을 듣고 그를 만나러 한달음에 달려와서 만났다.

　　그래서 그가 전해준 소식은 오늘 이른 새벽에 영능이 북경 연지루를 습격하여 고옥군을 납치했다는 것이다.

　　"그게 무슨 소리냐, 방개? 옥군이… 정말 옥군이 납치됐다는 말이냐?"

그 소식을 전해 들은 도무탄은 순간적으로 멍해 있다가 발작하듯 소리를 질렀다.

군림방개는 고옥군이 납치당한 것이 자신의 죄인 양 고개를 들지 못했다.

일행은 관도변에 마차를 세운 상태에서 대화를 하고 있는데, 모두 말에서 내렸으며 마차 안에 있던 사람들도 밖으로 나와 둥글게 모였다.

도무탄은 그렇게 물어놓고서도 너무도 큰 충격에 한동안 말을 잇지 못했다.

고옥운이 납치되다니 군림방개가 장난을 치는 것만 같았다. 만약 장난이라면 군림방개의 머리가 터지도록 때려주고 싶은 심정이다.

하지만 그런 걸로 장난을 칠 군림방개가 아니라는 데 생각이 미치자 그는 이성을 잃은 채 눈을 부릅뜨고 어금니를 악물며 말문을 열었다.

"어떻게 된 일인지 설명을 해봐라."

"무탄, 미안하다. 정말 죽을죄를 지었다. 내가… 아니, 우리가 그녀들을 제대로 돌보지 못했다… 용서해라…….''

와락!

"쓸데없는 소리 지껄이지 말고 어서 설명이나 해라!''

"으윽… 캑!''

도무탄이 멱살을 잡고 흔들자 군림방개는 얼굴이 터질 듯이 벌겋게 달아올랐다.

"무탄, 그만해라. 죽이겠다."

도무탄이 군림방개를 죽일 것만 같아서 보다 못한 적유랑이 그를 만류했다.

군림방개가 눈물 콧물 흘리면서 해준 설명은 이렇다.

오늘 새벽 모두들 깊은 잠에 빠져 있는 북경 연지루에 한 명의 괴한이 습격을 했다.

연지루 맨 꼭대기 층인 오 층 연지상계에는 도무탄의 세 명의 부인을 비롯하여 쌍둥이 자식, 그리고 최측근들만이 거주하고 있다.

그런데 괴한은 연지상계에 곧장 쳐들어오자마자 순식간에 쑥대밭을 만들어 버렸다.

깊이 잠들어 있다가 급습을 당한 사람들이 정신을 차리고 반격을 가하기 시작했을 때에는 이미 연지상계에 있던 남자 중에서 절반이 죽은 후였다.

어느 순간 사람들은 괴한이 절세불룡 영능이라는 사실을 깨닫고는 모두 소스라치게 놀랐으나, 남아 있는 남자들은 여자, 특히 세 명의 부인과 쌍둥이를 보호하기 위해서 영능에게 한꺼번에 덤벼들었다.

그 당시 연지상계에 돌아와 있던 도무탄의 의형 분광신도 염중기가 온몸을 던져 영능을 공격하면서 여자들에게 어서 피신하라고 외쳤다.

절상급 고수인 염중기를 도와 독고기상과 독고용강 형제가 합세했다.

그러나 세 사람은 여자들이 도망칠 수 있을 만한 충분한 시간을 벌어주지는 못했다.

영능은 창을 뚫고 밖으로 도망친 세 명의 부인을 잡기 위해서 곧장 추격했다.

그리고 각자 다른 방향으로 도망치던 세 부인 중에 고옥군을 제압해서는 유유히 사라졌다. 그것이 오늘 이른 새벽 인시(寅時:새벽 4시) 경에 일어난 일이었다.

"옥군은 무공을 모르는데……."

"궁효가 그녀를 안고 도망쳤었는데……."

"그럼 궁효는?"

"죽었어."

"으음!"

도무탄은 주먹을 꽉 움켜쥐고 한동안 숨을 씨근거리며 몰아쉬다가 겨우 물었다.

"연아와 한아는? 아기들은?"

"옥부인과 화부인이 각자 아기를 한 명씩 안고 도주했는데 무사하다."

도무탄은 냉정을 찾으려고 애썼다.

"그리고 또 누가 죽었느냐?"

군림방개의 얼굴이 먹칠을 한 것처럼 어두워졌다. 그는 자신이 도무탄에게 이런 말을 해줘야만 한다는 것이 너무 참담했다.

"염 대협."

"형님 말이냐? 형님이 죽었어?"

"그래. 그리고 독고기상, 독고용강 형제, 궁효, 소화랑, 해룡야사 막야와 막사……."

"으으으……."

도무탄은 분노와 경악으로 턱을 덜덜 떨었다. 자신의 측근 남자들이 모조리 죽은 것이다. 그들의 얼굴이 도무탄의 망막에 떠올랐다가 사라져갔다.

"그… 들이 다 죽었다는 말이냐?"

군림방개는 고개를 너무 숙여서 코가 땅에 닿을 듯했다.

"그래."

그때 도무탄은 한 사람이 번뜩 생각났다.

"상아는? 그녀는 어떻게 됐느냐?"

군림방개는 고개를 절레절레 가로저었다.

"그녀는 보지 못했다."

"시체를 발견하지 못했다는 것이냐?"

"시체도 그렇고 살아 있는 모습도 못 봤어."

도무탄은 미간을 잔뜩 좁혔다.

"설마……."

녹상이 영능에게 납치되었을 것이라는 생각이 제일감으로 떠올랐다.

그때부터 도무탄은 아무것도 눈에 보이지 않았다. 영능에게 납치된 고옥군과 녹상이 걱정되고, 죽은 사람들 때문에 비통했으며, 구사일생 살아남은 독고 자매와 쌍둥이 아기에 대한 염려 때문이다.

쉬익!

순간 그는 느닷없이 관도 저 쪽 북경 방향으로 신형을 날려 쏘아 갔다.

사람들이 놀라서 그를 부르려고 했을 때 그의 모습은 이미 보이지 않았다.

＊　　　＊　　　＊

동무림이 발칵 뒤집혔다.

그중에서도 영능이 단독으로 잠입하여 피바람을 일으키고 달아난 북경은 긴장이 최고조에 달했다.

졸지에 두 아들을 잃은 무영검가 가주 독고우현은 동무림의 고수들을 이끌고 영능을 추격했다.

개방은 동무림 전체에 전서구를 날려서 영능의 행방을 알
아내는 데 총력을 기울였다.

그즈음의 동무림 가칭 불련척멸대는 무림 각 지역의 군소
맹들이 가입하여 전체를 장악하고 있었기에 동무림이라고 할
수가 없을 정도로 비대해졌다.

대흥산에서 벌어졌었던 이른바 '대흥육룡전' 이후 절세불
련이 거의 와해되다시피 한 상황에 전 무림의 방파와 문파들
은 절세불련에서 탈퇴했었다.

그리고는 자구책으로 각 지역마다 맹을 만들고 동무림과
연계하여 결속을 다졌다.

절세불련의 세력이 땅에 떨어지고 그 대신 등룡신권의 동
무림이 득세하게 되자 전 무림의 방, 문파들은 맹을 만들어서
동무림에 복속했던 것이다.

말하자면 이득이 있는 곳으로 천하가 몰린다는 '이지소재
천하추지(利之所在天下趨之)' 라는 것이다.

그러므로 영능이 북경에서 저지른 만행에 대한 소식은 삽
시간에 천하무림으로 퍼졌으며, 거의 모든 방파와 문파들이
영능의 행적을 찾아내려고 혈안이 된 상황이다.

그런데도 영능의 행적은 오리무중 그 어디에서도 발견되
지 않았다.

사람이든 짐승이든 살아 있는 것들이 움직이면 흔적이 남게 마련인데, 북경을 떠난 영능의 흔적은 그 어디에서도 발견되지 않았다.

마음이 극도로 조급한 도무탄은 연지루에도 들르지 않았다. 무사한 사람보다는 납치당한 고옥군과 녹상이 더 걱정이기 때문이다.

그는 독고우현을 비롯한 동무림의 수뇌부들과 함께 이곳저곳 정신없이 돌아다녔다.

그렇다고 마구잡이로 여기저기 헤매는 것은 아니다. 영능의 흔적을 발견했다거나, 심지어 영능이 어떤 여자를 데리고 있는 것을 목격했다는 제보가 속속 들어와 개방의 전서구로 알려지면 그 즉시 달려갔다.

하지만 우르르 달려가서 확인해 보면 하나같이 허위 제보일색이었다.

동무림 휘하의 방, 문파들이 일부러 거짓말을 한 것은 아니지만, 자신들 기준으로 봤을 때 영능일 것이라는 판단이 서면 무조건 개방에 그 사실을 알리기 때문이다.

도무탄은 이 불행의 소식을 듣자마자 단숨에 달려가서 독고우현 등에 합류했었다.

그것이 오늘 늦은 아침나절이었다. 그리고 지금은 어스름

땅거미가 지고 있다.

그러니까 영능이 오늘 새벽에 연지루에서 피바람을 일으킨 지 채 하루가 지나지 않은 것이다.

영능이 날개가 달리지 않은 이상 아직까지는 북경을 중심으로 삼백여 리 이내에 있을 것이라는 것이 독고우현 등의 추측이다.

삼백여 리라는 것은 도무탄의 기준이다. 그러면 새벽에 연지루를 출발하여 지금 이 시간까지 최대 삼백여 리를 갈 수 있을 것이기 때문이다.

하지만 말 그대로 그것은 최대치(最大値)다. 연지루의 참사가 벌어진 즉시 동무림이 추격을 개시했으며 동무림 전체에 비상령을 내렸기 때문에 영능은 수월하게 하북성을 빠져나가지 못했을 것이다.

그러니 그는 아직까지는 최소 백여 리 이내, 최대 삼백여 리 이내에 있는 것이 분명하다.

도무탄과 독고우현 등은 영능이 소림사가 있는 하남으로 향했을 것이라 추측했다. 천하에 그가 갈 곳이라고는 소림사가 유일하기 때문이다.

영능이 고옥군을 죽일 것이라고는 생각하지 않았다. 죽이려면 구태여 납치를 하지 않았을 것이기 때문이다. 아마도 그는 고옥군을 인질로 삼아서 도무탄을 협박하려는 것이 분명하다.

"음! 미칠 노릇이로군."

이번에도 영능을 목격했다는 제보를 받고 북경에서 남서
쪽으로 이백여 리 거리에 있는 청원현(淸苑縣)까지 한달음에
달려온 도무탄과 독고우현 등이다. 목격된 인물이 영능이 아
니라 그와 비슷한 사람이었다는 것으로 밝혀지자 도무탄이
오만상을 찌푸리며 신음을 내뱉었다.

"무탄……."

독고우현은 애처로운 눈빛으로 도무탄을 바라보며 말을
잇지 못했다.

그는 졸지에 두 아들을 무참하게 잃었으면서도 고옥군과
녹상을 납치당하고 최측근을 모조리 잃은 도무탄을 염려하고
있다.

두 아들을 잃은 깊은 슬픔을 속으로 갈무리한 채 오히려 도
무탄을 위로하고 있으니 그의 훌륭한 인덕은 누구도 흉내를
낼 수 없을 정도다.

그걸 알고 있는 도무탄은 자신의 슬픔과 분노를 드러내 놓
고 표현하지 못하고 있다.

그나저나 자꾸 시간은 가고 있는데 영능이 어디에 있는지
짐작조차 하지 못하고 있으니까 속에서 천불이 치밀고 입술

이 바짝바짝 타들어갔다.

'제발……'

여러 의미가 함축된 '제발' 이라는 말을 그는 속으로 수백 번도 더 뇌까리고 있다.

그녀들이 제발 살아 있기를, 영능이 그녀들에게 제발 아무 짓도 하지 않았기를, 아니, 설혹 무슨 짓을 했더라도 제발 죽이지만 않았기를 간절히 빌었다.

이런 절망적인 상황에 이르자 그는 영능을 제대로 추격하여 죽이지 못한 소연풍과 주천강이 원망스러웠다.

그들이 자신의 할 일을 잘했다면 이런 극단적인 일은 벌어지지 않았을 것이다.

하지만 그들이라고 일부러 그런 것은 아닐 터이다. 어느 누구보다도 영능을 죽이고 싶은 사람은 그들일 터이다. 또한 지금 상황을 알면 누구보다도 충격을 받을 사람이 바로 그들이다.

"무탄!"

그때 개방 청원분타에 갔던 군림방개가 도무탄 일행이 있는 주루 안으로 엎어질 듯이 달려 들어오며 비명처럼 소리를 질렀다.

도무탄과 독고우현, 독고가의 장녀 독고예상, 진무검 추형단 등은 일제히 자리에서 벌떡 일어났다. 군림방개가 설치는 모습이 뭔가 심상치 않기 때문에 뭔가 좋은 소식을 갖고 왔을 것이라고 짐작했다.

"무탄! 이거, 이거 봐라!"

군림방개는 허겁지겁 달려와서 손에 쥐고 있는 서찰 하나를 흔들었다.

탁!

긴말 필요 없이 도무탄은 서찰을 낚아챘다.

—영능은 현재 축록현(逐鹿縣)에 있어요. 놈은 옥군 언니를 자루에 담아서 메고 남서쪽으로 향하고 있어요. 나는 계속 놈을 뒤쫓을 테고 기회가 닿으면 또 연락할게요. 이 소식을 꼭 등룡신권 도무탄 오빠에게 전해주세요. 참고로 나는 이쪽 지리를 전혀 몰라요.

—녹상

"상아가?"

도무탄은 스스로의 눈을 의심하면서 서찰을 다시 한 번 자세히 읽어보았다.

그러나 아무리 몇 번을 확인해 봐도 말미에 분명히 녹상의 이름이 적혀 있다.

"이거 찰합이성(察哈爾省)의 어느 표국에서 본 방 북경총타로 보낸 전서구야."

군림방개의 몹시 들뜨고 흥분한 목소리가 도무탄에게 확신을 더해주었다.

녹상은 북경 연지루에서부터 영능을 미행하다가 그가 잠시 지체하는 사이에 근처의 표국에 서찰을 전해달라고 부탁한 것이 분명하다.

이 서찰의 내용이 사실이라면 캄캄한 암흑 속에서 한 줄기 찬란한 빛줄기가 돼주기에 충분하다.

녹상은 영능에게 납치된 것이 아니라 오히려 그놈을 미행하고 있는 중이었다.

개방의 전 제자들과 동무림에 속한 전 방파와 문파 수만 명이 혈안이 되어 동무림 전역을 수색했어도 감감무소식이었던 영능이다.

그래서 도무탄을 비롯한 많은 사람은 방금 전까지만 해도 절망에 빠진 채 이제부터 어떻게 해야 할지 몰라 망연자실하고 있었다.

그것을 구해준 사람이 바로 녹상이다. 그리고 도무탄은 녹상이 영능에게 납치당한 것이 아니라는 사실에 더할 나위 없이 안도했다.

"방개, 축록현이 찰합이성에 있느냐?"

마음이 급해진 도무탄이 군림방개에게 물었는데 그는 모른다는 듯 어깨를 으쓱하고 대신 개방 방주 신풍협개가 빠르게 대답했다.

"축록현은 북경에서 북서쪽으로 만리장성 넘어 백오십여 리쯤이며 영정하의 상류인 상건하(桑乾河) 중류 지역에 위치해 있네."

신풍협개는 고개를 절레절레 가로저었다.

"놈이 북서쪽으로 갈 줄은 전혀 예상하지 못했었군. 정말 교활한 놈이야."

도무탄은 허를 찔린 기분이다. 북경에서 북서쪽으로 조금만 가면 만리장성을 넘을 수 있으며 그리고 곧 변방지대인 찰합이성이다. 그리고 줄곧 산으로 이어진 산악지대를 가야만 한다.

모두들 영능이 소림사가 있는 하남성 남서쪽 방향으로 갈 것이라고만 예상했었지 북서쪽일 줄이야 상상도 하지 못했었다. 제대로 한 방 얻어맞았다.

그쪽은 소림사하고 반대 방향은 아니지만 변방이고 산악지대며 때론 사막지대가 펼쳐지기 때문에 오히려 반대 방향보다도 더 계산에 넣지 않았었다.

영능은 먼 길을 돌아서 가더라도 안전한 길을 선택했다. 동무림 사람들의 머리 꼭대기에 앉아 있었던 것이다.

"찰합이성에는 개방분타가 없네."

신풍협개가 골치 아프다는 듯 얼굴을 찌푸리며 일러주었

다. 개방은 중원에 속한 방파이므로 중원에만 분타가 있는 것이 당연하다.

도무탄은 아무 말 하지 않고 잠시 굳은 얼굴로 생각에 잠겼다가 가라앉은 목소리로 입을 열었다.

"놈은 소림사 외에는 일체의 연고지가 없습니다. 그러니까 무슨 일이 있어도 소림사나 그 근처로 가려고 할 것입니다. 그래야지만 도움을 받을 수 있기 때문입니다. 그러니까 우리가 할 일은 놈이 소림사로 향하는 길목들을 차단하는 것입니다."

"음, 그렇다면 놈은 축록에서 남서쪽으로 향하겠군."

축록에서 소림사가 남서쪽에 있기 때문에 그것이 제일 먼저 떠오르는 영능의 다음 행보다. 그래서 신풍협개는 떠오르는 대로 말했다.

독고우현이 고개를 가로저었다.

"우린 여태까지 그렇게 단순하게 예상하고 있다가 한 방 얻어맞은 것 아니오?"

그는 모두를 보며 말을 이었다.

"놈은 축록에서 방향을 꺾어 남서쪽으로 갈 수도 있고 계속해서 북서쪽으로 갈 수도 있으며 아예 더 북쪽으로 갈 수도 있소."

"독고 형의 말은 놈이 어디로 갈지 예상할 수 없다는 뜻처럼 들리는구려."

신풍협개의 말에 독고우현은 고개를 끄떡였다.

"그렇게 생각한다면 내 뜻이 정확하게 전달된 것이오. 놈의 현재 목적은 소림사로 돌아가는 것이 아니라 추격을 따돌리는 것일 테니까 말이오."

이곳에는 동무림의 핵심이라고 할 수 있는 사람들이 거의 다 모여 있는데, 그들은 하나같이 어두운 얼굴로 고개를 절레절레 가로저었다.

"어디로 튈지 모르는 놈을 찾아내는 일은 말처럼 쉽지 않을 것이오."

"더구나 중원도 아닌 변방이기 때문에 어느 누구의 도움도 바라지 못하오."

모두의 부정적인 생각을 깨고 도무탄은 독고우현에게 공손히 부탁했다.

"아버님, 축록현에서 소림사로 향하는 모든 길목을 차단해 주십시오."

"알겠네. 자네는 어쩔 텐가?"

"이제부터 저는 친구들과 함께 개별적으로 놈을 추격하겠습니다."

친구들이라면 도무탄 자신을 비롯한 사룡을 뜻한다.

＊　　　＊　　　＊

도무탄은 치밀한 계산을 했다.

계산이 한 치라도 빗나가면 고옥군은 물론이고 녹상까지 위험해진다고 생각했다.

녹상이 영능의 뒤를 쫓고는 있지만 언제 놈에게 발각될지 모르기 때문이다.

도무탄이 알고 있는 영능은 절대로 호락호락한 놈이 아니다. 영능이 불이라면 녹상은 기름이라고 할 수 있다. 그렇기 때문에 불과 기름이 서로 가까이 있으면 불이 붙는 것은 시간 문제다.

도무탄의 계산은 영능이 아직 만리장성 밖에 있으며 녹상이 발각되지 않았다는 가정하에 이루어졌다.

만리장성 안쪽에는 어디에나 개방의 분타들이 있다. 그러므로 만약 영능이 만리장성 안으로 들어왔다면 녹상이 즉시 개방분타를 통해서 연락을 취했을 터이다. 그런데도 아직 아무런 연락이 없다.

그로 미루어 영능이 아직 만리장성 밖에 있다고 짐작하는 것이다.

축록현에서 남쪽인 소림사로 가려면 반드시 산서성을 지나야만 가능하다. 산서성 남쪽이 하남성이고 그곳 숭산에 소림사가 있다.

산서성보다 더 서쪽 그러니까 섬서성(陝西省)으로 간다고
해도 남하(南下)하는 방법이 있기는 하지만 그 길을 선택한다
면 매우 고달픈 길이 될 터이다.

왜냐하면 일단 황하(黃河)를 건너야만 하기 때문이다. 산서
성과 섬서성을 남북으로 거의 일직선에 가깝게 육백여 리에
걸쳐서 가르는 경계가 바로 황하다.

황하의 동쪽은 산서성이고 서쪽은 섬서성이다. 이곳 북부
지역의 황하는 강폭이 매우 넓고 물살이 거칠기 때문에 도저
히 건널 수가 없다.

산서성 중부지역에 이르면 강폭이 서너 배로 넓어지지만
배로 건널 수 있다.

하지만 만리장성에서 중부지역까지의 거리가 장장 사백여
리에 이른다.

거기까지 내려왔다면 구태여 황하를 건너서 섬서성으로
갈 필요가 없다.

황하를 따라 남하하면 하남성에 이르고 소림사가 지척일
테니까 말이다.

그래서 도무탄은 영능이 황하를 건너지 않을 것이라는 가
정하에, 산서성 북부지역을 동에서 서로 가르는 만리장성 남
쪽에 근접한 네 군데 현과 여덟 군데 촌락을 거쳐 갈 것이라

고 추측했다.

숨을 쉬는 인간이라면 반드시 먹어야지만 살 수 있다. 야생
에서 짐승처럼 사냥을 할 것이 아니라면 영능은 반드시 사람
들 사는 곳을 거치게 되어 있다.

산서성은 해룡방의 본거지라서 성내 구석구석 해룡방의
손길이 미치지 않는 곳이 없다.

개방에서도 눈에 불을 켜고 영능을 찾고 있지만, 도무탄은
개별적으로 방대하고 촘촘한 해룡방의 상망(商網)을 가동하
여 영능을 수색하라고 지시했다.

그리고 산서성 북쪽 만리장성 안쪽 네 개 현에는 도무탄 자
신을 비롯한 사룡이 각각 지키고 있기로 했다.

동쪽이며 축록현에서 가장 가까운 천진현(天鎭縣)에는 주천
강이, 그곳에서 서쪽으로 백여 리 떨어진 대동현(大同懸)에는
적유랑이, 그리고 그곳에서 다시 서쪽으로 백여 리 우옥현(右
玉縣)에는 도무탄, 산서성의 가장 서쪽이며 황하에 인접해 있
는 하곡현(河曲縣)은 소연풍이 지킨다.

네 사람 중에 어느 누구라도 먼저 영능이나 녹상을 발견하
면 즉각 다른 삼룡에게 알리고 나서 추격하도록 사전에 약속
을 했다.

도무탄은 자신이 도착하기 전에는 절대로 공격하지 말라
고 당부했다. 영능이 궁지에 몰리면 고옥군을 해칠지도 모르

기 때문이다.

도무탄은 아직 소연풍과 주천강을 만나지 못했다. 개방을 통해서 그들 둘이 해야 할 일을 전해달라 이르고 자신은 우옥현으로 곧장 달려왔기 때문이다.

산서성 최북단 우옥현은 북방 산악지대의 변방치고는 매우 번화한 편이다.

산악지대이지만 주위 백여 리 이내에 있는 유일한 현이고, 또 만리장성 외곽으로 통하는 성문이 있어서 많은 사람이 통행을 하기 때문이다.

그리고 인근 여러 방향에서 흘러온 다섯 개의 계류가 우옥현 현 내에서 합쳐져서 강을 이루어 북쪽으로 흘러 만리장성 밖으로 흘러 나갔다가 다시 서쪽으로 방향을 틀어 홍하(紅河) 라는 이름을 얻어 백오십여 리를 흘러갔다가 황하에 합류한다.

이 여러 개의 강 유역은 비옥한 덕분에 제법 많은 촌락이 모여 있다.

지금 도무탄은 현 내 계류가에 있는 주루에서 개방분타나 해룡방 지부의 연락을 기다리고 있다.

영능이 북경 연지루에서 피바람을 일으키고 고옥군을 납치한 것이 벌써 이틀 전 일이었다. 별로 한 일도 없이 이틀이

후딱 지나가 버렸다.

도무탄은 주루 창가 자리에 앉아서 손도 대지 않은 채 이미 식어버린 요리를 앞에 두고 창밖 저 아래로 흐르는 계류를 무심한 시선으로 응시하고 있다.

그의 속이 새카맣게 숯처럼 타들어가고 있지만 생전 처음 와본 이곳에서 그가 할 수 있는 일은 없다.

이리 뛰고 저리 뛰고 해봤자 힘만 허비할 뿐이다. 그러느니 가만히 앉아서 소식을 기다리며 혹시 놓친 것이 없나 돌이켜 보는 게 좋다. 그러고 있자니 속은 속대로 타고 답답해서 미칠 지경이다.

그러나 괜히 지리도 모르는데 밖에 나가서 돌아다니다가 행여 소식을 전하러 온 사람하고 길이라도 엇갈리면 그게 오히려 큰일이다.

주루 내에는 사람들이 제법 많아서 북적거리고 시끄럽기 짝이 없는데도 도무탄은 아무것도 들리지 않는 듯 묵묵히 앉아 있을 뿐이다.

차륵—

하지만 창밖을 물끄러미 응시하다가도 지금처럼 주루 입구의 주렴이 걷히는 소리가 나면 급히 돌아본다.

혹시 소식을 전하러 달려온 개방 제자나 해룡방 수하인가 싶어서이다.

그런데 방금 들어선 사십 대 중반의 사내가 사람들로 북새통을 이루고 있는 주루 안을 두리번거리면서 누굴 찾고 있는 모습이 눈에 띄었다.

도무탄은 사내의 행색이 늘 봐왔던 해룡방 수하의 복장이라서 급히 반쯤 몸을 일으키며 손을 들었다.

사내는 도무탄을 발견하고 종종걸음으로 급히 다가와서 허리를 굽혔다.

"방주이십니까?"

"그렇다. 무슨 일인가?"

도무탄에게 방주라고 묻는 것을 보면 해룡방 우옥지부 사람이 분명하다.

"방갓을 깊이 눌러쓰고 길쭉한 자루 하나를 멘 자가 양성현(涼城縣)에 나타났다고 합니다."

영능은 중이라서 파르라니 민 머리에 계인(契印)까지 찍혀 있으니 누가 보더라도 소림사의 승려라고 생각할 것이다. 그러니 변장하느라 방갓을 썼을 터이다. 도무탄은 그자가 영능일 것이라 직감했다.

거기에 길쭉한 자루라니, 혈도를 제압한 고옥군을 담은 자루일 가능성이 있다.

"양성현이 어디냐?"

도무탄은 마음이 너무 급해서 사내에게 앉으라는 말도 하

지 못했고 사내는 방주 면전이라서 감히 앉을 엄두도 내지 못
했다.

"만리장성 밖 북쪽 삼십여 리 대해(岱海) 서쪽에 있는 현입
니다. 이곳에서 말로 달리면 한 시진 남짓 걸립니다."

"그자에게 접근하지 않았겠지?"

"그렇습니다. 방주께서 명령하신 대로 먼발치에서 지켜보
고만 있답니다."

"알았다."

그 말만 남기고 도무탄은 바람처럼 주루를 나섰다.

第百十五章

소림 핏물로 씻다

우옥현에서 만리장성 밖으로 나가면 살호구(殺虎口)라는 곳이 나오고, 그곳에서 북쪽으로 이십오 리쯤 가면 대해라는 거대한 호수가 있으며 그 서편에 양성현이 있다. 처음 가보는 곳이지만 쉽게 찾을 수 있었다.

우옥현을 출발한 도무탄은 불과 일각여 만에 삼십여 리를 달려서 양성현에 당도했다.

해룡방 수하가 기다리고 있다는 장소를 사람들에게 물어서 찾아간 그는 강가의 어느 누각 옆에 서서 두리번거리고 있는 사내를 발견했다.

"나를 기다리고 있나?"

"아… 방주."

도무탄은 수십만 명이나 되는 해룡방 수하를 일일이 다 모르지만 그들은 도무탄의 용모를 잘 알고 있다.

"그자는 어디에 있느냐?"

사내는 강을 가리켰다.

"주루에서 쉬는 듯하더니 반 시진 전에 배를 타고 하류로 내려갔습니다."

반 시진 전이면 도무탄이 우옥현을 출발하기 전이다. 그렇다면 이곳의 해룡방 수하가 우옥현으로 전서구를 날렸을 테고, 그것이 도착하기 전에 도무탄이 출발한 것이다.

도무탄이 강을 보니 강폭이 꽤 넓고 수심이 깊으며 유속이 빠르지 않고 잔잔해서 배를 띄우기에 충분했다. 북방에는 배가 귀한 편인데 이곳은 특이했다.

도무탄이 하늘을 보면서 손을 들어보니 남풍이 불어오고 있다. 강은 서쪽으로 흐르고 있으니 배가 돛을 펼쳤다고 해도 별 도움은 받지 못할 터이다. 더구나 배를 탔다면 더 찾기가 쉬울 것이다.

양성현을 출발한 도무탄은 오래지 않아서 강이 홍하와 합류하는 지점에 이르렀다.

양성현의 해룡방 수하가 말해주기를 배는 홍하가 황하와 합류하기 전까지만 왕래할 수 있다고 했다.

황하는 매우 거칠고 유속이 빠르기 때문에 자칫 배가 황하로 휩쓸려 들었다가는 그로써 배가 전복된다고 봐야 한다는 것이다.

그러니까 배로 왕래할 수 있는 곳은 양성현에서 홍하 하류 하구진(河口鎭)이라는 곳까지 이백여 리가 전부다. 그렇더라도 산악지대인 이곳에서 배로 강의 상, 하류를 왕래할 수 있다는 것은 축복이라고 할 수 있다.

그래서인지 홍하에는 많은 배가 분주하게 오가고 있다. 다른 강하고 다른 점이 있다면 큰 배는 없으며 전부 조각배뿐이라는 것이다. 제일 큰 배라고 해봐야 열 명 남짓 타면 그만이다.

'저 배다.'

유유히 흐르는 홍하 북쪽 높은 절벽 위를 내달리고 있는 도무탄은 저 아래 강상을 오가고 있는 여러 척의 배 중에서 한 척을 찾아냈다. 그것은 양성현의 해룡방 수하가 알려준 모양의 배다.

도무탄이 달리면서 자세히 살펴보니까 과연 배에 타고 있는 칠팔 명의 승객 중에 한 명의 방갓인이 뒤쪽 난간 아래에 앉아 있으며 그 옆 바닥에 길쭉한 자루가 놓여 있는 모습이 보였다.

탓—

길게 생각할 것 없이 도무탄은 절벽 위에서 가볍게 지면을
박차고 아래로 쏘아 내렸다.

절벽 위에서 강상까지 족히 삼십여 장은 되지만 문제 될 것
이 없다.

그는 허공중에서 슬쩍 방향을 틀어 방갓인이 타고 있는 배
를 향해 정확하게 날아내렸다.

쿵!

그는 허공에서 공중제비를 돌고 나서 방갓인 앞에 내려서
면서 일부러 발소리를 크게 냈다.

방갓인은 넓은 소매 속으로 두 손을 찔러 넣고 고개를 푹
숙인 채 자는 듯 보였으나 움찔 놀라 몸을 떠는가 싶더니 반
사적으로 퉁겨 일어나며 도무탄을 향해 위맹한 일장을 발출
했다.

휘잉!

도무탄은 방갓인이 영능이라고 단정했다. 다짜고짜 출수
하는 것을 봐도 그렇고, 뿜어낸 장력의 위력이 강맹했기에 더
욱 그렇게 생각했다.

상대가 영능이라면 평범한 수법으로 상대해서는 안 된다
는 생각에 순간적으로 용천기를 전력으로 뿜어냈다.

후우—

꽝!

"으악!"

두 줄기 기운이 격돌하자 방갓인은 처절한 비명을 지르면
서 갑판에 패대기쳐졌다가 뒤로 밀려가 난간을 반쯤 부수고
그대로 축 처졌다.

도무탄은 문득 이상한 생각이 들었다. 영능이 지나치게 허
약하기 때문이다.

절세불룡 영능은 절대로 이렇게 한 번의 격돌에 나가떨어
질 놈이 아니다.

그는 천천히 방갓인에게 다가갔다. 자루를 먼저 확인해야
하지만 방갓인의 상태를 확인하는 것이 먼저다.

방갓인은 완전히 구겨져서 방갓으로 얼굴을 가린 채 엎어
져 있는 자세다.

슥—

도무탄이 방갓을 벗기고 몸을 슬쩍 잡아당기자 영능하고
는 전혀 딴판인 중의 모습이 드러났다. 사십 대 중반의 중이
며 박박 깎은 머리에 계인이 찍힌 모습이 소림사 승려가 분명
했다.

영능 대신 소림사 승려라니, 순간 도무탄은 속았다는 생각
이 번쩍 뇌리를 스쳤다.

사십 대 승려는 조금 전 도무탄과 격돌했던 오른팔이 완전히 짓뭉개져서 피투성이인데 얼굴이 허옇게 변해서 혼절을 한 상태였다.

그래도 도무탄은 혹시나 하는 마음에 승려가 앉아 있던 곳에 놓여 있는 자루를 풀어보았다.

혹시나 했더니 과연 역시나다. 자루 안에는 헌 옷가지들이 잔뜩 구겨서 들어 있었다.

"이런……."

일이 어떻게 된 것인지 대충 짐작을 한 도무탄은 와락 인상이 구겨졌다.

이것은 말하자면 성동격서(聲東擊西)다. 동쪽에서 소란을 피우고 서쪽을 공격한다는 병법 삼십육계의 하나다. 이런 교활한 방법을 쓸 줄은 예상하지 못했었다.

영능은 사전에 미리 치밀하게 계획을 짜놓고 행동에 옮긴 것이 분명하다.

그는 북경에 혼자 갔던 것이 아니라 소림 승려 다수를 이끌고 갔다가, 고옥군을 납치하여 도주를 하는 과정에 소림 승려들로 하여금 자신으로 변장해서 추격대의 이목을 분산시키라고 명령한 것이다.

배에 타고 있던 사람들이나 뱃사람은 강 한복판에서 난데없이 벌어진 일로 혼비백산하여 멀찍이 물러나서 두려움에 떨고 있다.

이성을 잃은 도무탄은 그런 것에는 신경을 쓰지 않고 혼절한 소림 승려의 멱살을 잡고 약간 용천기를 주입하여 충격을 주어 깨어나게 했다.

"으으……."

소림 승려는 오른팔이 짓뭉개진 고통에 오만상을 찌푸리면서 힘겹게 눈을 떴다.

슥—

도무탄은 멱살을 잡았던 손을 조금 올려서 소림 승려의 목을 움켜잡고 이글거리는 눈빛으로 물었다.

"영능은 어디에 있느냐?"

"으으… 모른다……."

뚜둑…….

"끄으으……."

도무탄이 목을 잡은 손에 슬쩍 힘을 주자 뼈 부러지는 소리가 나며 소림 승려의 눈에서 동공이 사라졌다.

"두 번 다시 묻지 않겠다. 영능은 어디 있느냐?"

"끄끄극… 주… 죽여라……. 이놈……."

뿌직!

"끅!"

도무탄은 그대로 소림 승려의 목을 분질러서 즉사시키고

는 시체를 강물에 집어 던졌다.

풍덩!

맥이 빠져서 양성현에 다시 돌아온 도무탄은 아까 자신에게 소림 승려의 행방을 알려주었던 해룡방 수하로부터 네 장의 서찰을 전해 받았다.

와작—

"여우 같은 놈!"

네 장의 서찰을 다 읽은 도무탄은 서찰을 두 손에 그러쥐고 구기면서 오만상을 찌푸렸다.

네 장의 서찰은 각기 소연풍과 주천강, 적유랑, 그리고 한 군데 개방분타에서 온 것들이다.

네 장의 서찰에 적힌 내용을 정리하면 대충 이런 내용으로 요약할 수 있다.

도무탄뿐만이 아니라 소연풍과 주천강, 적유랑도 똑같은 일을 당했다고 한다.

즉, 영능을 발견했다는 정보를 받고 방갓인을 추격했다가 허탕을 쳤다는 것이다.

도무탄만 영능에게 농락당한 것이 아니라 사룡 모두 감쪽같이 당하고 말았다.

마지막 한 장의 서찰은 녹상에 대한 것이다. 녹상은 한 장의 서찰을 산음현(山陰縣)에서 보냈다. 그런데 산음현은 산서성 경내에 있다.

지금 도무탄이 있는 양성현보다 훨씬 남쪽으로 산서성 한가운데라고 할 수 있다.

녹상의 서찰에는 영능이 산서성의 성도인 태원성으로 향하고 있으며, 녹상 자신은 별 탈 없이 영능을 뒤쫓고 있다는 내용이 적혀 있다.

산음현은 도무탄과 적유랑이 지키고 있던 우옥현과 대동현의 중간 지점에서 정남쪽으로 백오십여 리쯤 되는 곳에 위치해 있다.

말하자면 영능은 도무탄을 비롯한 사룡에게 가짜 영능 노릇을 하는 방갓인 한 명씩을 던져 놓고 자신은 유유히 남쪽으로 사라진 것이다.

영능은 사룡뿐만이 아니라 동무림의 수십 개 방, 문파 고수들이 철통같이 지키고 있는 방어막을 뚫었다.

어쨌든 녹상이 보낸 서찰에 의하면 영능은 태원성을 향해서 남하하고 있다고 한다.

도무탄과 삼룡이 지금 전력으로 추격을 한다고 해도 백오십여 리의 거리를 좁히는 것은 쉬운 일이 아니다. 아니, 거의 불가능하다.

그사이에 영능은 가만히 앉아서 기다리고 있지 않을 테니까 말이다.

도무탄이 이런 사실을 알고 있다면, 비슷한 시간에 다른 삼룡과 독고우현 등 동무림의 핵심 인물들도 알게 되었을 것이다.

"서찰을 써야겠다."

"여기 있습니다."

도무탄의 말에 해룡당 수하는 즉시 품속에서 손목 굵기의 죽통을 꺼내 마개를 열었다.

그 안에서는 먹물이 담긴 더 가느다란 묵통과 붓, 돌돌 말린 깨끗한 종이가 나왔다.

슥—

도무탄은 일필휘지로 적은 서찰을 둘둘 말아서 해룡방 수하에게 내밀었다.

"이것을 가장 가까운 개방분타로 보내라."

"네, 방주."

서찰에는 산서성의 모든 방파와 문파, 고수들을 동원하여 영능의 남하를 제지하고, 그사이에 도무탄을 비롯한 삼룡과 독고우현 등 산서성 북부지역에 몰려 있는 세력이 남하하여 영능을 잡아야 한다는 내용이 적혀 있었다. 현재로썬 그 방법뿐이다.

해룡방 수하가 다리가 보이지 않게 달려가는 모습을 지켜보며 도무탄은 착잡한 표정을 지우지 못했다.

그러다가 그는 무서운 표정을 지으며 어금니를 힘껏 악물며 중얼거렸다.

"영능 이놈… 절대로 용서하지 않을 것이다."

*　　　*　　　*

하북성 북경에서 하남성 낙양으로 이르는 가장 빠르고도 쉬운 길은, 북경에서 남남서(南南西)로 남하하여 황하에 이르면, 거기에서부터 황하를 따라 줄곧 거슬러 올라 낙양으로 향하는 것이다.

이 길이야말로 장애가 되는 높은 산도 없으며, 길은 곧고 넓으며 평탄한데다 사람의 왕래가 많고, 가는 도중에 수백 개의 현과 마을을 지나기 때문에 그야말로 사통팔달이라고 할 수가 있다.

개봉(開封)에서 동쪽으로 이십여 리 떨어진 관도 상은 오늘도 많은 사람이 오가고 있다. 천하에서 사람의 왕래가 가장 많은 관도가 바로 이곳일 것이다.

다각다각…….

덜그럭… 덜그덕…….

폭이 팔 장에 이르는 관도의 복판에는 마차나 수레들이 오가고 그 양쪽으로 사람들이 다닌다.

그중에서 평범한 이두마차 한 대가 여러 수레에 섞여서 서쪽, 즉 개봉 방향으로 느릿하게 굴러가고 있다.

어자석에는 장사꾼으로 보이는 한 사내가 앉아서 묵묵히 마차를 몰고 있다.

마차는 매우 평범해서 눈에 띄는 점이 하나도 없다. 길에서 흔히 볼 수 있는 그런 마차다.

삭—

그런데 갑자기 한 줄기 미풍이 어자석의 사내를 스쳤다.

사내는 고삐를 쥔 자세에서 몸을 가볍게 움찔 떨었으나 그것뿐 달리 변화는 없었다.

그런데 사내의 미간에서 한 방울의 핏물이 찔끔 솟아나더니 콧등을 타고 흘러내렸다. 누군가에게 일검을 당한 사내는 고삐를 쥔 채 숨이 끊어졌다.

사아아……

다음 순간 커다란 까마귀 수십 마리가 허공을 뒤덮더니 관도에 날아내렸다.

아니, 그것은 까마귀가 아니라 흑의 경장 차림의 십여 명의 고수이다.

그중에 우두머리로 보이는 사내가 마차 앞에 내려서자 전진하던 말들이 자연스럽게 멈추었다.

우두머리, 즉 세상 사람들이 살수지왕이라 부르는 무정혈룡 태무군은 태산처럼 우뚝 서서 마차를 주시하며 조용한 목소리로 중얼거렸다.

"영능, 나와라."

*   *   *

도무탄과 삼룡, 그리고 동무림과 산서성의 거의 모든 방파와 문파가 산서성 전역을 샅샅이 훑었으나 영능의 모습은 어디에서도 보이지 않았다.

도무탄 등은 산서성의 최남단 황하와 분수가 합류하는 지역까지 남하했으나 허탕만 쳤다. 영능은커녕 그가 남긴 흔적조차 발견하지 못했다.

절망에 빠진 도무탄 일행은 산서성 최남단 영하현(榮河縣) 해룡방지부에서 별 뾰족한 방법도 없이 연일 대책 회의를 하고 있는 중이다.

그런데 북경 연지루가 피로 씻긴 그날로부터 열흘이 지난 어느 날 도무탄에게 낭보가 날아들었다.

행여 좋은 소식이라도 있을까 개방 영하분타에서 거의 죽치고 살다시피 하던 군림방개가 정신이 나간 듯한 모습으로 달려 들어왔다.

"무탄! 어디 있느냐, 무타안―!"

군림방개가 입에서 거품을 뿜어내며 달려 들어오더니 도무탄에게 쓰러지듯이 안겼다.

심상치 않음을 느낀 도무탄은 군림방개를 일으키면서 급히 물었다.

"방개, 무슨 일이냐?"

군림방개는 개방 영하분타에서 이곳까지 전력으로 달려오는 바람에 숨이 끊어질 듯한 상태가 되어 바들바들 떨면서 손에 쥐고 있는 꼬깃꼬깃한 종이를 내밀었다.

"으헉! 헉… 이걸… 봐라……."

어떤 소식인가 싶은 마음에 도무탄은 급히 종이를 낚아채서 읽기 시작했다.

독고우현과 사람들은 종이, 즉 서찰을 읽는 도무탄을 진지하게 주시했다.

서찰을 읽는 도무탄의 표정이 수시로 급변했다. 눈을 부릅뜨는가 하면 턱을 덜덜 떨더니 마지막에는 환한 표정으로 두 눈에 눈물이 가득 고였다.

"아아……."

이윽고 그는 서찰에서 눈을 떼고 긴 한숨을 토해냈다. 깊은 수렁에서 간신히 빠져나온 듯한 표정이다.

"어디 보세."

기다리지 못하는 독고우현이 그의 손에서 서찰을 뺏어 읽기 시작하고, 사람들이 우우 하고 모여들어 어깨너머로 함께 읽었다.

서찰을 읽은 도무탄은 한바탕 악몽을 꾸고 난 사람의 표정을 하고 있었다.

서찰은 북경 개방총타에서 보내온 것으로 매우 중대한 내용을 담고 있었다.

본론만 말하자면, 서찰에는 무정혈룡이 밝혀낸 사실들과 그의 활약상이 적혀 있었다.

서찰에는 무정혈룡이 무정혈살대의 최정예를 이끌고 북경에서 낙양으로 이르는 관도상, 즉 개봉 서쪽 이십여 리 지점에서 영능이 탄 마차를 추적, 발견하여 공격했다는 내용이 적혀 있었다.

그 공격으로 무정혈룡은 마차 안에 제압되어 타고 있던 고옥군과 녹상을 구했으며 영능은 혼자서 서쪽으로 도망쳤다는 것이다.

무정혈룡의 그 공격과 급습으로 밝혀진 전모는 도무탄 등이 추호도 예상하지 못했던 것이다.

영능은 소림 승려 다수를 이끌고 북경에 잠입, 연지루를 공격하여 도무탄의 최측근 대다수를 죽이고 고옥군과 녹상 두 여자를 납치하는 데 성공했었다.

그러나 제아무리 절세불룡 영능이라 할지라도 북경, 더구나 연지루는 동무림의 심장부라고 할 수 있다.

그곳에 잠입하여 습격을 하고 동무림의 우두머리인 등룡신권의 여자들을 납치하여 살아서 빠져나오는 것이 결코 쉬운 일이 아니었을 터이다.

그래서 그는 사전에 만반의 준비를 갖추었다. 그 자신은 고옥군과 녹상을 데리고 북경 성내의 은밀한 곳에 감쪽같이 숨어 있었다.

등하불명(燈下不明), 설마 그가 북경 성내에 숨어 있으리라곤 아무도 예상하지 못했었다.

이후 서쪽 찰합이성으로 떠난 소림 승려들이 마치 녹상이 영능을 미행하고 있는 것처럼 그곳의 표국을 통해서 가짜서찰을 북경 개방총타로 보냈다.

그것으로 일이 술술 풀리게 되었다. 도무탄을 비롯한 동무림의 모든 고수들이 찰합이성과 산서성 등지로 달려가고 나서 북경은 텅 비어버렸다.

그 누구도 등룡신권의 여자를 둘이나 납치한 절세불련의 우두머리 절세불룡 영능이 북경 성내에 머물고 있을 것이라고는 상상도 하지 못했었다.

이후 영능은 허름한 마차 한 대를 구해서 그곳에 두 여자를 태우고 자신도 함께 탄 채 변장한 소림 승려로 하여금 마차를 몰게 하여 유유히 북경을 빠져나와 일로 낙양을 향해서 아무런 방해도 받지 않고 갈 수 있었던 것이다.

결론적으로 말하자면, 도무탄과 삼룡, 동무림은 영능의 수작에 감쪽같이 놀아났었던 것이다.

만약 무정혈룡이 아니었다면 지금도 아무 것도 모른 채 자신들이 무능해서 영능을 놓친 것이라고 자책만 하고 있었을 것이다.

"무정혈룡이……."

서찰을 읽고 난 독고우현이 믿을 수 없다는 듯 놀라는 표정으로 중얼거렸다.

도무탄과 적유랑 중에 한 사람이 북경에서 무정혈룡과 일대일 대결을 벌일 것이라는 사실은 아무도 모른다. 말하지 않았기 때문이다.

만약 연지루의 일이 아니었다면 도무탄은 북경에서 무정혈룡과 대결을 벌였을 것이다.

하지만 연지루의 일 때문에 무정혈룡과의 대결은 물거품이 돼버렸다.

도무탄은 오 년 만에 눈을 떠 광명을 찾은 무정혈룡의 누나 태운영과 그녀의 친구 도란을 그냥 북경의 안전한 장소에 두고 왔다.

그리고는 개방 사람들에게 만약 무정혈룡이 나타나면 그

에게 누나를 보내라고 얘기해 두었었다.

도무탄은 무정혈룡이 고옥군과 녹상을 구해준 것이 자신이 태운영의 눈을 뜨게 해준 것에 대한 무언의 보답일 것이라고 생각했다.

서찰에는 동무림 사람들이 무정혈룡으로부터 고옥군과 녹상을 무사히 인계받아서 안전한 곳에 있는 독고지연과 독고은한 등에게 데려다 주었다고 적혀 있었다.

"무정혈룡, 쓸 만한 친구로군."

한참 만에 도무탄은 소매로 눈물을 찍어내며 중얼거렸다. 무정혈룡에 대한 감탄보다는 고옥군과 녹상이 무사히 구출됐다는 사실에 그는 눈물마저 보였던 것이다.

"이거… 믿을 수 있는 일인가?"

좌중에 있던 무영칠숙 중 한 명이 서찰을 들어 보이면서 미심쩍다는 표정을 지었다. 워낙 엄청난 일이라서 쉽사리 믿어지지 않는 모양이다.

"믿을 수 있습니다."

도무탄의 말에 소연풍과 주천강, 적유랑 모두 고개를 끄떡였다. 그리고 신풍협개가 거들었다.

"그 서찰을 보낸 사람은 본 방 총타의 장로외다. 설마 본 방 장로가 거짓 서찰을 보냈겠소?"

"아… 그렇군."

그제야 사람들은 안심한 듯 고개를 끄떡였다.

사람들은 한층 밝아진 분위기로 이제 어떻게 할 것인지에 대해서 대화하기 시작했다.

도무탄은 사람들의 분분한 의견을 한마디로 정리했다.

"악(惡)의 뿌리를 뽑으러 가야지요."

*   *   *

만물이 소생하는 봄이 절정으로 치닫고 있는 어느 날 숭산 소림사에 수많은 고수가 모여들었다.

도무탄을 비롯한 사룡과 동무림 사람들, 그리고 얼마 전까지 영능의 수족 노릇을 했던 팔대문파의 고수들이 숭산 소림사에 구름처럼 운집했다.

우지끈!

앞선 도무탄에 의해서 굳게 닫혀 있는 소림사의 대문이 박살 나고, 그를 필두로 삼룡과 수많은 고수가 파도처럼 안으로 쏟아져 들어갔다.

넓은 마당에는 이미 영능을 비롯한 소림 승려 오백여 명이 모여 있다가 도무탄 등을 맞이했다.

도무탄이 영능을 마주 보며 열 걸음쯤에서 멈추자 뒤따르던 사람들도 모두 멈추었다.

도무탄은 영능을 보면 하고 싶은 말이 많았으나 막상 그를 보자 단 하나의 생각밖에 떠오르지 않았다. 오로지 죽이고 싶다는 복수심뿐이다.

많이 초췌한 모습의 영능은 도무탄을 똑바로 주시하며 전혀 주눅 들지 않은 표정으로 말문을 열었다.

"이렇게 하자."

그러나 아무도 그의 말에 대꾸하지 않았다. 그런데도 영능은 개의치 않고 할 말을 계속했다.

"너희 중에 한 명이 나하고 일대일로 싸우는 것이다. 그래서 내가 이기면 너희들은 순순히 물러가고, 내가 패하면 나를 죽여라."

영능은 도무탄을 비롯한 모든 사람의 얼굴에 경멸이 떠오른 것을 봤을 텐데도 상관하지 않았다.

뻔뻔한 것인지 순진한 것인지 모를 일이다. 그는 궁지에 몰려서도 당당했다.

그는 자신의 뒤에 늘어선 비장한 모습의 소림 승려들을 가리키며 말했다.

"사실 이들은 죄가 없잖으냐? 나 하나만 죽으면 그로써 끝이다."

도무탄은 눈으로는 영능을 주시하면서 자신의 왼편 몇 사람 건너에 있는 금정신니에게 물었다.

"신니께선 저자의 말을 어떻게 생각하십니까?"

금정신니가 냉랭하게 대답했다.

"아미타불… 무릇 들판에 독초(毒草) 한 포기가 뿌리를 내리면 오래 지나지 않아서 주변에 독초가 만연하게 마련이라오. 그러니 독초 한 포기를 뽑는다고 들판이 안전해지는 것은 아니오."

공동파 장문인 구소자가 말을 받았다.

"신니의 말씀이 맞소. 자고로 같은 물을 마셔도 소나 염소가 마시면 소젖과 염소젖을 만들고 독사가 마시면 독을 만드는 법이오."

이번에는 곤륜파의 풍검자가 말을 이었다.

"무량수불… 소림사의 제자들은 이미 독에 흠뻑 물들었소이다. 우물에 독을 풀면 어느 물이 깨끗하고 어느 물이 독물인지 구별할 수 있겠소?"

도무탄은 고개를 끄떡이고 나서 결론을 내렸다. 아니, 그는 처음부터 결론이 내려져 있었다.

"오늘 소림사는 무림에서 사라질 것이다."

영능은 분한 얼굴로 이를 갈았다.

"너희들은 자비라는 것을 모르는구나."

도무탄은 턱을 치켜들고 차게 웃었다.

"하하하! 너는 자비를 베푼 적이 있느냐?"

"......"

"네가 누군가에게 자비를 베풀었다면 나도 너에게 자비를 베풀도록 하마. 말해라. 너는 지금껏 누군가에게 자비를 베푼 적이 있었느냐?"

"......"

영능은 대답하지 못했다. 그는 살아오면서 그 누구에게도 자비를 베푼 적이 없었다. 그로써 대화가 끝났다.

도무탄과 영능은 다섯 걸음 거리를 두고 마주 서서 일전을 치를 만반의 준비를 끝냈다.

"죽더라도 네놈만은 지옥으로 끌고 가마."

영능이 초연한 얼굴로, 그러나 독을 뿜듯이 도무탄을 쏘아보며 말했다.

도무탄은 고개를 끄떡였다.

"그렇게 해봐라."

도무탄 쪽 사람들이나 소림 승려들은 멀찍이 물러나서 손에 땀을 쥔 채 두 사람을 지켜보았다.

등룡신권과 절세불룡의 일대일 대결에서 누가 승리할 것이라고 예상하는 사람은 아무도 없다.

도무탄은 온몸의 용천기를 다 끌어 올려 두 팔에 모았다. 그리고는 영능이 어떤 식으로 공격해 올지를 여러모로 계산해 보았다. 하지만 영능은 워낙 교활한 자라서 예측하는 것이 쉽지가 않다.

"이것만은 알아다오."

"뭐냐?"

영능의 말에 도무탄이 뚝뚝하게 대꾸했다.

"나는 사부님들의 유지를 따랐을 뿐 잘못이 없다. 나는 단지 한 자루 칼이었을 뿐이다."

어쩌면 그의 말이 맞을지도 모른다. 그의 말인즉 자신은 칼이었을 뿐이지 칼을 휘두른 사람은 두 명의 사부였다는 뜻이다.

도무탄은 고개를 끄떡였다.

"네 말이 맞다. 그러니까 나는 이제부터 그 칼을 부러뜨리려는 것이다."

"간다."

영능은 짧게 말하고는 갑자기 도무탄을 향해 빛처럼 쏘아오면서 쌍장을 뻗었다.

고오오― 옴!

순간 찬란한 금광이 도무탄을 향해 일직선으로 폭사되었다.

영능에게서 찰나지간도 눈을 떼지 않고 있던 도무탄은 그가 쌍장을 뻗는 순간 자신도 힘차게 쌍장을 내밀며 용천기를 한껏 쏟아냈다.

후오오—

사람들은 숨을 멈춘 채 눈도 깜빡이지 않고 지켜보았다. 잠시 한눈을 팔거나 딴생각을 하면 그 사이에 승부가 끝나버릴 것만 같았다.

이곳에 있는 사람들치고 등룡신권과 절세불룡 두 마리 용의 싸움이 지루하게 질질 끌 것이라고 생각하는 사람은 한 명도 없다. 한두 번의 격돌로 승패가 갈라질 터이다.

그 순간 눈부신 섬광이 주위 수십 장 이내를 온통 빛으로 뒤덮었다.

"우옷!"

"헛!"

사람들은 섬광 때문에 시선을 돌리거나 눈을 감을 수밖에 없었다.

쩌— 엉!

그리고 다음 순간 엄청난 굉음이 터졌다.

섬광이 사라지고 나서 사람들이 목격한 것은 도무탄과 영능이 뒤로 비틀거리면서 물러나는 광경이다.

보통 상황에 이들 둘이 격돌을 했다면 모르긴 해도 둘 다 뒤로 수십 장이나 퉁겨 날아갔을 것이다.

그런데도 비틀거리며 몇 걸음만 물러나는 것은 반탄력마

저도 상대의 몸속에 다 쑤셔 넣었기 때문이다. 다시 말해서 한 움큼의 공력도 허비하지 않고 상대에게 충격을 주는 데 사용했다는 뜻이다.

"우욱……."

쿠쿵!

대여섯 걸음씩 물러난 도무탄과 영능은 똑같이 입에서 핏덩이를 토하면서 뒤로 쓰러져 버렸다.

그러나 아무도 그들에게 다가가지 않았다. 이것은 두 사람만의 승부이기 때문에 승패가 분명하게 갈리기 전에는 함부로 다가갈 수 없다.

모두들 멀찍이 물러나 있는 상황에서 가운데 텅 빈 공간에 도무탄과 영능이 오 장여의 거리를 두고 쓰러진 채 꼼짝도 하지 않고 있다.

만약 지금 누군가 일어난다면 이변이 없는 한 그 사람의 승리일 것이다.

질식할 것 같은 시간이 무겁게 흐르고 있을 때 문득 한 사람이 꿈틀거렸다.

그 사람이 손바닥으로 땅을 짚고 매우 느릿하게 몸을 일으키자 소림 승려들은 기쁨의 탄성을, 동무림 사람들은 절망의 탄식을 토해냈다.

일어나서 두 발로 땅을 딛고 우뚝 선 사람은 영능이다. 그는 힐끗 도무탄을 쳐다보더니 천천히 그를 향해 걸어가기 시작했다.

소연풍과 주천강, 적유랑은 당장이라도 뛰어나가 영능을 상대하려는 듯이 주춤거렸다.

그러나 지금 그들이 뛰어나가면 자동적으로 도무탄의 패배가 된다.

일대일의 대결에서 누군가의 도움을 받는다는 것은 곧장 패배로 직결되는 것이 무림의 규칙이다.

소연풍 등은 도무탄의 패배를 인정하더라도 뛰어나가서 영능을 제지하고 도무탄을 구하는 한편 한발 더 나아가 그를 죽이고 싶은 마음이 간절했다.

"아미타불……."

금정신니의 불호가 잔잔하게 흘렀다. 그것이 소연풍과 주천강, 적유랑의 들끓는 마음을 다소 진정시켜 주었다.

슈웃―

도무탄을 향해 천천히 걸어가던 영능은 어느 순간 쏜살같이 달려 순식간에 도무탄 가까이 이르렀다.

"앗!"

동무림 사람들 속에서 짤막한 비명이 마구 터져 나왔다.

도무탄은 조금 전 격돌의 충격 때문에 순간적으로 기혈이 뒤틀려서 혼절한 상태다.

[밥통! 일어나라! 개죽음당하고 싶으냐?]

"......!"

날카롭게 쨍한 전음이 도무탄의 고막을 강하게 때렸다.

그 바람에 퍼뜩 정신을 차리고 번쩍 눈을 떴다. 그런데 바로 그 순간 지척까지 쏘아온 영능이 자신을 향해 쌍장을 발출하는 광경을 발견했다.

순간 그는 누워 있는 자세에서 그대로 떠올랐다.

쫭!

다음 순간 영능이 발출한 금빛 범천신공이 방금까지 도무탄이 누워 있던 땅에 적중되었다.

그리고 같은 순간 허공으로 떠올랐던 도무탄이 빙글 반회전하면서 발등으로 영능의 머리를 냅다 걷어찼다.

뻭!

높은 곳에서 수직 낙하하는 폭포를 걷어찼을 때의 묵직한 느낌이 발등으로 전해져 왔다.

척!

한 바퀴 빙글 공중제비를 돌고 지면에 내려선 도무탄은 머리가 산산이 박살 난 영능의 몸이 느릿하게 지면으로 기우뚱 쓰러지는 광경을 발견했다.

털썩!

머리의 반이 으깨진 영능은 핏물이 가득 고인 두 눈으로 도무탄을 보면서 입술을 달싹거렸다.

"제… 발… 소림… 사를… 지… 켜줘……"

그리고는 눈을 뜬 채 숨을 거두었다. 일세를 풍미하면서 천하를 피로 씻고 공포로 몰아넣었던 효웅(梟雄)의 말로치고는 너무도 허무했다.

모두들 조금 전에 영능이 죽어가면서 했던 말을 똑똑하게 들었다.

그래서 어쩌면 그것 때문에 도무탄이 심경의 변화를 일으켰을지도 모른다는 생각을 했다.

도무탄은 허공을 두리번거렸다. 조금 전 자신이 혼절해 있을 때 전음으로 소리쳐 깨워준 사람을 찾으려는 것이다.

그의 귀가 잘못되지 않았다면 전음을 보낸 사람은 무정혈룡이 분명하다. 그렇지만 어디에서도 무정혈룡의 모습은 보이지 않았다.

실망한 도무탄은 손등으로 입가에 묻은 피를 닦으면서 소림 제자들을 쳐다보았다.

그렇지 않아도 궁지에 몰려있던 소림 제자들은 한 가닥 믿고 있던 장문인 영능마저 죽자 무거운 침묵과 절망 속으로 깊이 빠져들었다.

그들 중에 절반 이상이 낮게 흐느꼈다. 그것은 두려움의 눈물일 수도 있을 테고 뉘우침의 눈물일 수도, 그리고 영능의 죽음을 애통하게 여기는 눈물일 수도 있다.

　도무탄은 소림 제자들을 주시하면서 조용하지만 또렷한 목소리로 입을 열었다.

　"여러분, 이제 독초를 뽑읍시다."

　　　　　　　　　　　　　　　　　　　　『등룡기』 완결

전혁 新무협 판타지 소설
FANTASTIC ORIENTAL HEROES

왕후장상

『월풍』, 『신궁전설』의 작가 전혁이 전하는
유쾌, 상쾌, 통쾌 스토리, 『왕후장상』!

문서 위조계의 기린아 기무결.
사기 쳐서 잘 먹고 잘살던 그에게 날벼락이 떨어졌다.
바로 녹슨 칼에서 나온 오천만 냥짜리 보물지도!

기무결에게 내려진 숙제,
오천만 냥을 찾아라!

그러나 꼬인 행보 끝 도착한 곳은 동창의 감옥이었으니······.

"으아악! 이게 뭐야!! 무림맹이 왜 여기 있는 거야!"

천하제일거부를 향한 기무결의
끝없는 도전이 시작된다!

Book Publishing CHUNGEORAM

유행이 아닌 자유추구 -
WWW.chungeoram.com

용마검전
FANTASY FRONTIER SPIRIT
김재한 판타지 장편 소설

「폭염의 용제」, 「성운을 먹는 자」의 작가 김재한!
또다시 새로운 신화를 완성하다!

『용마검전』

사악한 용마족의 왕 아레인을 쓰러뜨리고
용마전쟁을 끝낸 용사 아젤!

그러나 그 대가로 받은 것은 죽음에 이르는 저주.
아젤은 저주를 풀기 위해 기나긴 잠에 빠져든다.

그로부터 220년 후……

긴 잠에서 깨어난 아젤이 본 것은
인간과 용마족이 더불어 살아가는 새로운 세상이었다.

Book Publishing CHUNGEORAM

유통이 아닌 자유추구
WWW.chungeoram.com